「原っぱ」という社会がほしい

橋本 治
Hashimoto Osamu

河出新書
025

序文　草の海のキャッチャー

内田樹

　みなさん、こんにちは、内田樹です。

　橋本治さんの「遺稿」が本になり、その序文を書くことになりました。橋本さんが亡くなってもうすぐ二年になります。命日の一月二十九日に間に合えば、この文章は橋本さんの墓前に捧げる三回忌のお供え物ということになります。そのつもりで書きます。

　この本には、橋本さんの既発の旧稿もいくつか含まれています。その中に三十年くらい前の「原っぱの論理」があります。以前『ぼくたちの近代史』に収録されていたものを編集者が遺稿とともに一冊の本に編んだのは、この講演が橋本さんの生き方をとてもストレートに語っていたと思ったからだと思います。橋本さんが子ども時代を回顧した、とても感動的な文章です。

「原っぱ」というのは、杉並の橋本さんのうちの近くにあった現実の原っぱのことだけではなく、それからあと橋本さんが踏破したすべての場所、橋本さんが試みたすべての仕事のことを指しているような気がします。とりあえず僕は「ものを書くというのは原っぱで遊ぶことと一緒だよ」ということを橋本さんから教わったように思います。

原っぱについて橋本さんは、こんなふうに説明しています。

「ある意味で、誰のものでもない土地なのね。誰のものでもない土地で空いてるだけだから、使い途が何もない土地は、大人にとってみればなんの意味もない土地なのね。ところが子供にしてみれば、草の海があるようなもので、そこに来て遊ぶっていうことするのね。」（本書、一四九頁）

たしかに橋本さんがその生涯をかけてしてきたのは、「誰のものでもない土地で空いてるだけ」の場所を、そこから無尽蔵の喜びを引き出すことのできる「草の海」に見立てることだったと思います。『桃尻娘』が衝撃的だったのは、そこにふつうの高校生の生活がそのままに書かれていたからです。高校生の思いが、高校生の言葉づかいのままに書かれていた。それが信じられないくらいに面白かった。「大人にとってみればなんの意味もない」ような高校生の独白を橋本さんは魔法のようにすてきな物語に仕上げてしまった。それは原っぱを時代劇の舞台にしたり、少年探偵団ごっこの舞台にしたりして、時を忘れて遊んでいたのとあまり変わらなかったのだと思います。

そして、「原っぱ」についてもう一つとてもたいせつなことは、橋本さんがそこではいつも「年下の子たち」を気づかっていたことです。

「みんななんかやってて、その下にいるのが何なのかっていうと、やっぱりまだ独り立ち出来ない子で、僕達が鍛え上げて次に譲っていかなくちゃいけないんで、「僕達が〝卒業〟しちゃったらもう原っぱにいなくなるんだから、この子達がちゃんと遊べるようにしなくちゃいけないんだよな」って、そういう風に思いながらやってたのね。」（一六二頁）

それは僕自身の実感としてよくわかります。橋本さんは二歳年下の僕を「大丈夫かな、この子。ちゃんとやっていけるのかな。もうちょっとちゃんと生きる仕方を教えてあげないといけないんじゃないかな」と心配顔で見ていました（もう五十歳を過ぎていたんですけれどね）。橋本さんは自分と同じ「原っぱ」で遊びたがっている子たちについては、誰かれの隔てなくそういう気配りをしていたと思います。

「そのドタバタやってく中で、やっぱし人間関係っての作っちゃうのね。小さい子はかばってやんなきゃとかね。小さい子でも、「やっぱし、ここんとこで跳ばないと強くなれないよ」って、なんか無理矢理跳ばしちゃうとかね。そんで、すっ転んで泣いたって、「痛くない痛くない」っていうのとね、「やっぱりこれは大変だ」っていうのと二通りあって、そこん中でそういう適性持ってる子が面倒見てるって」（一六五頁）

これって「ライ麦畑のキャッチャー」そのものだと思いませんか。ホールデン君は「ライ麦畑」におけるその仕事をこんなふうに説明していました。

「僕がそこで何をするかっていうとさ、誰かその崖から落ちそうになる子どもがいると、かたっぱしからつかまえるんだよ。つまりさ、よく前を見ないで崖の方に走っていく子どもなんかがいたら、どっからともなく現れて、その子をさっとキャッチするんだ。そういうのを朝から晩までずっとやっている。ライ麦畑のキャッチャー、僕はただそういうものになりたいんだ。」（J・D・サリンジャー『キャッチャー・イン・ザ・ライ』、村上春樹訳、白水社、二〇〇三年、二八六－二八七頁）

まるで橋本さんが自分自身のことを語っている言葉のような気が僕にはします。橋本さんの場合は、麦わら帽子をかぶって、半ズボンをはいた「お兄ちゃん」が原っぱの中から

「こっちまでおいでよ。ここまでは来ても大丈夫だから」と手を振って「崖から落ちそうな子ども」を「ちゃんと遊べるように」気づかっていたのでした。

橋本さんの作品群の中でもきわだって「原っぱ」的なものって何だろうと思って考えてみました。読者によって選択するものは違うと思いますけれど、僕は橋本さんの「変な本」がそれに当たるんじゃないかなという気がします。ちょっとその話をします。

昔、橋本さんと対談をしたとき、橋本さんが自分の「代表作」として三作品を挙げてくれました。

「自分の代表作を三作挙げろって言われたときに、『桃尻娘』と『窯変 源氏物語』と『アストロモモンガ』を挙げることにしてたんですよ。」（『橋本治と内田樹』、ちくま文庫、二〇一一年、五七頁）

それを聴いてなるほどと感じ入りました。『桃尻娘』と『窯変』はこれから後「橋本治選集」が編まれるときには必ず収録されると思います。でも、『アストロモモンガ』はたぶん収録されない。だって、偽占星術の本なんですから。

本書の中でも橋本さんは『アストロモモンガ』について、「常軌を逸する、五百四十枚」と自ら評しています。橋本さんが勝手に思いついた十二の星座があって、それぞれ一年三百六十五日、一九八八年から十二年分の運命が書いてある。これが全部「口から出まかせ」なんです。

当時、一九八〇年代の中頃、六星占術の本がベストセラーになり、『ノストラダムスの大予言』も子どもたちの間で流行していました。九九年に「恐怖の大王」が降臨して人類は滅びるという予言です。それらの「占い」や「予言」を多くの日本人が娯楽として消費しながら、少しは信じていた。橋本さんはそういう流れを懸念して『アストロモモンガ』を書いたのではないかと思います。

「冗談にもなりうるっていう手を一本打っておかないかぎり、この先あやういなって思うから。恐怖の大王っていうのが降ってくるらしいですが、甲府の大王と豆腐の大王も降ってくるらしいですよ、ってしとけば、一九九九年までは冗談になりうるな、って。で、冗談になりうるっていう風な手打っとかないと、これは冗談になる余地みたいのが全然ないんだっていう悪い人達が、どんどん真面目に悪い方向に持ってってってしまうかもしれないから、うん、冗談にしよう、と思って。」（本書、一九九頁）

橋本さんは「悪い人達」が「どんどん真面目な方向に持っていってしまう」ことを本気で懸念していました。『アストロモモンガ』を代表作三作のうちに入れたのは「冗談」の持っている批評性と豊穣性を橋本さんが信じていたからだと思います。

「（……）「俺は何をやりたかったかっていうと、本当のことが一つもなくて、この口から出まかせだけの五百四十枚の原稿が一番好きだ」と思うの。もともと俺はこういう人間だったなって思うのね。」（二〇〇頁）

『アストロモモンガ』についてのこだわりはそのあともずっと続いていて、二〇一八年刊の『九十八歳になった私』にも出てきます。

これは二〇四六年に九十八歳になった橋本治老人の日々を綴ったという趣向の近未来SFなんですけれど、その中に、橋本さんのファンだと称する「メロンの娘」がやってきて「橋本治全集を出したい」と提案する場面があります。橋本さんが「どの本を出すの？」と聞くと、娘は「古本屋で探してきた三冊」と答えます。会話はこう続きます。

「「いいけどさ、三冊じゃ全集とは言わないよ。よほど寡作な作家ならともかくさ」と言ったら、とても悲しそうな顔をしているので、「三冊ってなに？」と言ったら、『アストロモモンガ』と『恋するももんが』と『シネマほらセット』だと言った。「ずいぶんすごい趣味だね」と言ったら、「はい、好きなんです」と冷静に答えた。

（…）

私は「いいよ」と言った。「私が未来に於いて、『アストロモモンガ』と『恋するももんが』と『シネマほらセット』の三冊しか世に問わなかった作家になったって、かまやしないのだ」と言った。どうせ忘れられた作家なのだから。」（『九十八歳になった私』、講談社、二〇一八年、一三九−一四二頁）

橋本さんはこの三冊の「奇書」に深い愛着を抱いていました。残る二冊についてもちょっとだけご説明しておきます。『恋するももんが』は都立魔界高校文芸班九人との共著。中身は高校生が書きそうな同人誌のパロディで、なんと全篇手書き。ごちゃごちゃしていて、橋本さんがどこに何を書いているのかさえよくわからない。『シネマほらセット』も最初から最後まで全部「口から出まかせ」の本です。橋本さんが妄想した「存在しない映画」とそのキャスティングと「あらすじ」を書いたものです。

最後になった四十八本目の映画は『七人の侍　エピソード2　野武士の復讐』。監督はフランシス・F・コッポラ。『エピソード1　百姓の勝利』、『エピソード2　野武士の復讐』、『エピソード3　勘兵衛の凱歌』の三部作の第二部です。もちろん『スター・ウォーズ』のパロディ。エピソード1で生き残った野武士たちを糾合してアル・パチーノが「七人の野武士」を編成し（他はサミュエル・L・ジャクソンとジョン・マルコヴィッチ）、ある村でまたも用心棒に雇われた勘兵衛（ケヴィン・コスナー）、七郎次（ダン・エイクロイド）、勝四郎（ベン・アフレック）らと再び死闘を演じる……というのがあらすじです。面白そうでしょ！

でも、その原稿を書いてしばらくしたら実際にハリウッドで『七人の侍』のリメイクをするという話が伝わってきました（デンゼル・ワシントンとクリス・プラットの『マグニフィセント・セブン』です）。橋本さんはがっかりしてしまいます。

「こっちがネタ切れである前に、向こうの方がネタ切れでしょう。ウソとかパロディというものは、やっぱり「上等の本物」がなければ成り立たないもんじゃないかと思います。」（『嘘つき映画館　シネマほらセット』、河出書房新社、二〇〇四年、二五三頁）

『シネマほらセット』にはハリウッド版『忠臣蔵』という「嘘映画」も出てきますが、実際にハリウッドは『47 RONIN』というのを作ってしまいました。橋本さんの妄想キャスティングだと、浅野内匠頭はキアヌ・リーヴスなんですけど、『47 RONIN』にもキアヌは別の役ですが出ています。まさかハリウッドのプロデューサーが橋本治を読んで企画したわけではないでしょうけれど。

この本に収録されている四十八本の嘘映画、橋本さんは、タイトルとキャスティングとあらすじを妄想する作業をほんとうに心から楽しんでいるようでした。デミ・ムーアが姫川亜弓で白石加代子が北島マヤを演じる『ガラスの仮面』(月影千草先生はキャサリン・ヘプバーン。劇中劇『奇跡の人』ではローレン・バコールがサリバン先生を演じます。紫のバラの人はキアヌ・リーヴス)。アラン・ドロンが光源氏を演じる『源氏物語』では、夕顔がマリー・ラフォレ、空蟬がモニカ・ヴィッティ、六条御息所がジャンヌ・モロー、葵上がロミー・シュナイダー。これは観たいですね。その他、アントニオ・バンデラスの丹下左膳とか、ブラッド・ピットの一心太助とか、橋本さんの想像の奔放さにあっけにとられるキャスティングばかりです。

『シネマほらセット』は「全部冗談」でありながら、鋭い批評性を内在させていました。だって、どう考えても、橋本さんが鼻歌まじりでほいほいと書き飛ばした企画の方が、何人ものシナリオライターのアイディアを集めて、巨大な予算で製作された映画よりも面白そうなんですから。でも、気を付けて欲しいのは、橋本さんはそれを「風刺」としてやったわけではないということです。そんな攻撃的なことは橋本さんはしません。そうではなくて、こういう半畳を入れた方が映画を観るときの楽しみが増大すると思ったからです。

橋本さんは「冗談」というのは「一番健康な理性のわがまま」だと書いています。たしかに橋本さんの「冗談」はどれもきわめて「健康」で、「理性的」なものでした。「寸鉄人を刺す」とか「笑殺する」というような攻撃的なところが少しもなかった。何かを壊したり、何かを嘲ったり、何かを傷つけるための笑いではなくて、何もないところに、それこそ「無から（ex nihilo）」豊かなものを創り出すような笑いだった。「草の海」である原っぱからさまざまな夢の世界を想像的に紡ぎ出すような、そういうタイプの創造的な「笑い」だったと思います。

改めて橋本さんはほんとうに希有な人だったと思います。このような人と同じ時代を生きられて、書くものを次々と読むことができたこと、そして実際にその謦咳に接する機会に恵まれたことを僕はほんとうに幸運に思います。

遺稿となった第一章の「「近未来」としての平成」の中で橋本さんは、「昭和の終わりと「時代そのもの」の終わり」について書いています。橋本さんの定義だと、「時代が終わる」というのは「もう前には進まない」ということです。時代が終わったあとの時代に生きている人（つまり、僕たち）は「前に進んでいる」つもりでいるけれども、実は「同じところをグルグル回って」いるだけだ、と。橋本さんはとても親切な人でしたけれど、時々こういうふうに救いのない断定によって読者を突き放すことがあります。

　この言葉はパンデミックの中であっという間に終わってしまった二〇二〇年を振り返ると、ほんとうに深く日本の現実を衝いていたと僕は思います。

「じゃあ、どうしたらいいんですか？」と僕が訊いたら、橋本さんは「そんなことは自分で考えなさいよ。いつまでも人を頼るんじゃないよ」と言って、白いベルサーチのスーツの裾をひるがえしてすたすた行ってしまう……そんな光景を想像します。世を去る最後の瞬間まで橋本さんは僕たちのこと、日本の明日を心配していました。橋本さん、ほんとうにいろいろありがとうございました。僕たちはこれから橋本さん「抜き」でなんとかやっていかなければなりませんけれども、なんとかします。どうぞ天国の草の海でのんびり昼寝でもして僕たちが追いつくのを待っていてください。

目次

第一章

「近未来」としての平成

1　昭和の終わりと平成の始まり

一　極私的な「昭和の終わり」

これは以前にも書いたことだが、やがて昭和が終わろうとする一九八九年一月六日の深夜、私は（多分、川崎だったと思う）テレビ局のドラマ撮影スタジオにいた。私の書いた短篇小説がドラマ化され、それに「ほんのちょっと出演しろ」ということだった。

スタジオ内でのセット撮影は夜中過ぎに終わって、夜明けに外でのロケ撮影があるというので、私は控室で夜明けを待っていた。不思議なことに、ドラマ専門スタジオは報道とは無関係に存在しているらしく、その間に昭和天皇は登仙《とうせん》されているはずなのに、その情報がまったく流れない。部屋に窓はあったと思うが、外が暗いか明るくなったか程度しか分からない。テレビはあったようにも思うが、私にはテレビを見ていた記憶がない。夜が明けて、私のところにスタッフが「お願いします」と呼びに来た時も、「異変」のようなものは感じられなかったし、近くのロケ現場――ただの住宅街だが――に運ばれても、特別な雰囲気はなにも感じられなかった。

撮影は簡単に終わって、私は帰りの車に乗せられた。運転手はカーラジオを点けているわけでもないので、なにが起こっているか、あるいはなにかが起こったのかどうかも分からない。昭和の終わりはまだネット社会でもないし、ドラマスタジオは半分山の中みたいなところにあったから、情報は流れないのかもしれないが、それ以前に、情報を積極的に流すシステムがないと、人というものは――たとえテレビ局の人間でも、平気でなにも知らないままでいるのかもしれない。前年の秋から昭和天皇は「御重態」という状態になっていて、その年の正月にはどこも日の丸の旗を外に出さなかった。「成程、それだけで正月は寂しくなるのだな」と思って六日が過ぎていたけれども、私の知る限り「天皇が死ぬ」ということに関する世間的な緊張感はなかった。

しかし、車が東京に入ったくらいの頃から外の様子が変わってきた。ビルの入口が閉まっているにもかかわらず、旗竿に付けられた国旗が道に向かって出されている。それを「なんだ？」とも思わず、のんきな私は「やっと正月が来たか。やっぱり日の丸の旗が並んでると花やかだな」とだけ思っていた。まともに考えれば「なんで〝正月〟が来たんだ？」になるはずだが、そんな風には考えなかった。それは弔意を示す「半旗」なのだが、「半旗」という言葉を知っていても、その実物なんか見たことがない。「半旗」という言葉だけ知っていた私は、「弔意を示すっていうんだから、旗竿を黒い布で巻いたりするのかな」などと勝手なことを考えていたが、道路沿いにそんなものは見えない。だから「国旗が出てると花やかだな」と思っていたが、都心部に近づくにつれて、表に出された国旗の数はどんどん増えて、さすがの私も、「これは普通の国旗じゃないぞ」と思った。

「普通の国旗じゃないのなら、半旗だろう。これが半旗だとしたら〝天皇は死んだ〟ということになる」と、やっと気がついた。ドラマなんかだと、そこで私は「運転手さん、ラジオ点けて！」と叫ぶことになるはずだが、実際の私はボーッとしているので、そんなことにはならない。「帰ってテレビ見たら分かるな」と思って、少しドキドキしている。不思議なことに「昭和天皇の死＝昭和の終わり」は、いつの間にか社会的な出来事ではなくて、私にとっては個人的な秘密に近いようなものになっている。

部屋に戻ったのは、八時前の中途半端な時間で、近所一帯はひっそりしている。「朝の中途半端な時間にニュースやってるのかな？」と思ってテレビを点けたら、やっていた。既に「天皇崩御」の報道は終わったらしくて、それからしばらくの間続くことになる、白黒の「昭和の記録映像」が流れていた。「昭和は終わったらしいな」とは思ったけれど、不思議にも猜疑心の強い私は、「昭和が終わりました」とニュースに接するまでは安心出来ないと思った。なぜそんな考え方をしたのかと言えば、「昭和の終わり」がいつの間にか「個人的ななにか」に変わっていたからだった。

私は、近代になって作られた近代の天皇制だけを「天皇制」とする考え方に従わない。私にとっての天皇制は、平安時代になって成立する「日本人の権力付与制度」のことなので、近代の天皇制だけを特別視なんかしない。ということはつまり、昭和天皇に関して格別な思い入れがないということだ。もしかしたらこの時が最後である、天皇の死と改元が自動的に重なる場合だから「昭和天皇の死」と言うが、私に関心があったのは、「昭和という時代の終わり」だけだった。だから、「落ち着かないと、〝やーい騙された〟と言って昭和が復活してしまうかもしれないな」というようなことを考えていた。

そして八時になりチャンネルをＮＨＫに合わせて、私はそこで「昭和の終わり」が告げられるのを目のあたりにした。そして、「自由だ！　俺は自由だ！」と声に出して叫んだ。映画のＶＨＳテープを回して、それに合わせて踊った（まだＤＶＤは存在しない）。なんのビデオかというと、『オズの魔法使い』のブラックミュージカル版――ダイアナ・ロスやマイケル・ジャクソンの出ていた映画『ウィズ』で、その中の、悪い魔女が倒されて、その魔法によって醜い姿に変えられていた奴隷達が、人間として生まれ変わる『A　BRAND《まったく》 NEW《あたらしい》　DAY《ひ》』というダンスナンバーだった。「終わった！　自由だ！」という私の心理状態は、そのナンバーのままだった。別に私は、昭和天皇に悪い魔女を重ねる気などはまったくないけれど。

二　「時代」という壁

以上のことは、以前に書いたことがある。でも、なんだって私が誰もいない部屋の中で「俺は自由だ！」と歌い踊っていた理由など、なにも言っていない。「昭和と相性が悪かったんだ」とは言ったことがあるが、そんなことはなんの説明にもならない。それを言うと、自意識過剰とか被害妄想的と言われるだけだと思ってなにも言わなかったが、昭和の私ははっきり言って「存在しない作家」だった。

「そんなことを言って、自分の書いた小説がTVドラマ化されてるじゃないですか」と言われるかもしれないが、私は自分の作品の映像化にはまったく関心がない。昭和が終わる時になってドラマ化の話が来たというのなら、「それでも少しは存在するようになったのかな？」と思う程度で、よく言われるように、「ないもの」を「ない」と証明するのはむずかしい。存在しないものに関しては、「存在する」であっても「存在しない」であっても、それを語るデータがまず存在しないのだから。

　昭和が終わった年に刊行された私の本が、その翌年、ある賞の候補になったらしい。直接には知らないが、新聞には選考経過の一部のようなものが載っていて、そこである選考委員は、私のその本を「強く推した」と言ってくれていた。推したけれどだめだったというその理由は簡単で、「その選考委員以外の人は、誰も私のことを知らなかったから」だった。それで私は、やっと安心した。「ないことを証明するデータ」がやっと現れてくれたからだった。

　私のその作品は評論集で、私にとって評論というのは、「読めば、合っているか間違ってるか分かる」というようなもので、だから「間違ってないように書こう」と思い、「間違ってたら困る」と思って点検もする。判断基準が「合ってるか、合ってないか」だけだから、小説よりも善し悪しが分かりやすい。そう思うんだが、なにを書いても「評価」以前に「反応」がない。よく考えたら私は、評論家になりたかったわけではないから、そっちの「評価」なんかどうでもいいのだが、自分のやったことが「合ってる」のか「合ってない」のかがはっきりしないと、それで「いい」と思ってる自分の頭がおかしくなりそうで困る。「間違ってんのかな？　そうそう間違ってるとは思わないけど、だとすると、そう思うこっちの頭がおかしいのかな？」という、もうちょっとで自意識過剰の方向にさまよい込むところだったけれど、それに対するジャッジが出た――「いい、悪い、じゃない誰も知らないんだよ」と。

たとえて言えば、テストを受けたはいいがいつまでたっても答案が返って来ない。「あれ？　どうなんだろ？　出来てたのかな？　だめなのかな？」と思って、「先生、僕の答案返って来てないんですけど」と言ったら、その答が「え？　お前テストなんか受けてたの？」というようなものだった、と。

私はそういう数奇な扱いを受けることがままあるので、それで怒るということはあまりしない。「ええ?!」と呆れて、「なんだ、おれのせいじゃないのか」と思って終わってしまう。この二年ほど後、私は初めて文芸部の新聞記者から（評論ではない）自作に関するインタビューを受けた。やって来た相手は「今までどういう書かれ方をされてたのかと思って、新聞のデータベースを見たんですけど、なにもありませんでした」と言った。「だって、新聞のインタビューなんて初めてですもん」と私は言って、「ほーら、やっぱりなかったじゃないか！」と内心ガッツポーズをした。

私にとって重要なのは、「私はこう思うのだが、果してそれは合ってるのか？」ということで、推理が的中すれば「やった‼」と思う。「自分は、存在しない作家なのかもしれない」と思って、「そうかな？　いや、そんなことないはずだが」と思って愚図愚図しているのが一番いやで、確証を持って「やっぱり存在しない作家だったんだ！」と思うと、「やった‼」になって「よかった」と思う。この商売で自分の推量が中途半端で怪しかったら、それが一番恥だから、どんなにひどい事実でも、「当たった！」と思うと、その分だけ救われる。

それで、このことと昭和が終わったことを知った時に「俺は自由だ‼」と叫んだことは、どう関係するのか？　人に向けてなら「確証」が必要だが、自分一人が納得するのにそんなものは必要ない。「やった‼」という確信が生まれてしまえば、それですべてが了解出来る。

社会と時代は、いつの間にか壁を作る。そこに生きていれば、いつの間にか「生きやすいあり方、その大体の範囲」というものが見えて来る。それが「壁」だ。「常識」とも言う。その「常識」は「良識」でもあるようなコモンセンスではなくて、「これでいいじゃないか」という、体験的な満足感で、「これでいい」んだから、「これ」以外のものは不必要になる。あえて言ってしまえば、思考能力が不要になる。

一九八〇年代後半の「バブル経済」と言われるものに襲われ日本人は、おおよそのところでバカになったのだが、その以前、一九七〇年代の終わりには、「あなた達の生活レベルは?」と尋ねられて、九割ほどの日本人が「中流」と答えてしまう「一億総中流」という状況が出来上がっていた。ほとんどの国民が「これでいい」と答えていたのだから、それでよかったのだろう。

日本という国の特異なところは、二百五十年以上の江戸時代という内部成熟の時間を持ったところで、その十七世紀、十八世紀のヨーロッパは、自国のあり方を固めるための戦争の時代なのだ。その期間を鎖国というけれど、その間に日本と日本人は成熟を深め、国民としての一体感を持つ素地を作ってしまったのだ。軍国主義化した政府の下で「一億総玉砕!」というようなスローガンが定着したのも「一億総中流」と同じで、「我々日本人はどういうあり方をしているのか」という日本人論が好きなのも、同じことだ。

そういう日本人は、経済的な問題を解決すれば、簡単に「生きやすいあり方」を発見して、「これでいい」とゆるやかに自閉してしまう。「生きやすい状態」がそこに存在しているのだから、誰もさしたる文句を言う必要はなくなる。

その状態を「よし」とする常識に対して異を唱えても、排除されたりはしない。「そんな常識は嘘だ！」と言っても、ちょっと顔をしかめられたり、「ああ、そうですか」と聞き流されて、排除なんかされることはない。常識的現実は経済的に裏打ちされて保証されているから、なにを言われても揺らぐわけはない。「こっちは関係ないから、そこら辺で勝手に生きてろ」とでも言うように野放しにされる。社会そのものが豊かになれば、社会のあり方とは無縁で社会の方から放置されたものでも、ある一定以上の豊かさをもって生きて行くことは出来る。

昭和が終わった年に起こり日本中を震撼させた幼女連続誘拐殺人事件の犯人は、「おたく」と分類される二十代の青年だった。今更「おたく」のなんたるかを説明する必要はないだろうが、「サブカルチャー」という言葉が日本に輸入されたのは一九六〇年代末から一九七〇年代の初め。それから二十年ほどたって、「サブカルチャー」というものは半ば忘れられた言葉になりかかった。なぜかと言えば、初め日本に入って来た「サブカルチャー」の用語は、アメリカのポップカルチャーを説明するアート用語のようなもので、日本に広く存在していた大衆芸能やマンガ・アニメーション映画をその範疇に収めていなかった。アメリカンポップカルチャーに関心を持つ人間は、日本にそれほど存在しないのだから、忘れられてしまっても仕方がない。

ところが、その後の一九七〇年代は日本のテレビアニメが勃興する、日本的なサブカルチャーの時代の始まりで、「一億総中流」が確定してしまう一九七〇年代の終わりには、やがて「コミケ」という名の一大市場を形成してしまう、マンガ同人誌の販売システムがスタートする。「ゲットー」と言うわけではないが、反社会的ですらないある種の人間達が社会とは無関係に存在し、増殖して、それから十年ほどたった昭和の終わった年に、「おたく」という名称を与えられて姿を現す。

その年の幼女連続誘拐殺人事件は、日本に初めて「おたく」というカテゴリーを存させて、その存在に気がついた時、日本には「おたく」がいくらでもいた。

これと同列にすると怒る人もいるだろうが、一九九五年の三月、東京の地下鉄の複数の地点でなにかが撒かれ、十三人が死亡し六千人以上が病院に運ばれた。現場はパニック状態で、その様子はテレビカメラによって広く映し出された。その二ヵ月前には阪神・淡路大震災が起こって六千人以上が死亡、炎上し倒壊する神戸の市街地がテレビ画面に映し出された。「なんだか分からない恐怖」が、三月の日本に広がった。

やがて「地下鉄で撒かれたのは、化学兵器に使われる猛毒のサリンではないか」という説が流れたが、「サリンという唐突な言葉はなんだ?」と思われるだけで、なにがあったのかは分からなかった。日本中が「あっ」と驚いたのは、地下鉄で事件が起こった二日後で、見知らぬ場所に朝早くから警視庁機動隊の大行列が出現した。その場所がどこかと言うと、山梨県の上九一色村〔当時〕という聞き慣れない所にあるオウム真理教の教団施設だという。

一九九〇年代に私はほとんど東京にいなかったので、「オウム真理教? なんだそれは?」くらいにしか思えなかったが、多くの人の反応も似たようなものだったろう。それを知っている人間達にすれば「へんな集団がいる」くらいのものだったろうが、二日前の地下鉄の事件から逆算すると、「もしかして——?」くらいのことは分かる。「容疑」というものがまだはっきりと地下鉄サリン事件とは結びつけられていないから、テレビのニュースははっきりしたことを言わないが、現れた機動隊の隊列の先頭には、あからさまに「へんなもの」がある。行列の先頭を行く隊員は鳥籠を持って、その中には黄色の小さなカナリアが一羽入っている。機動隊とカナリアというあまりにも不似合いな取り合わせが、不気味さを増幅する。

鉱山で爆発事故や、あるいは有毒ガスが発生した時に、坑内の安全確認のために生きたカナリアを籠に入れて坑内に持って行くという話があるのを思い出して、「これは、地下鉄サリン事件のための捜査か！」と驚愕した。

その時点で、オウム真理教と地下鉄サリン事件を結びつけることに関して報道はまだ慎重だったが、そこから「オウム真理教という謎の集団」と、「地下鉄に猛毒サリンを撒く」などという無意味な行動がどう結びつくのかということで大騒ぎになって行く。

起こってしまえば、「オウムがね――」で「なんだいあれは？」になるけれど、そうなるまで、ほとんどの人は「オウム真理教の活動」などというものを知らない。たまたま耳にした人があったとしても、「どうってことのないへんなものだろう」くらいにしか考えない。「バブルがはじけた」と言われる一九九一年くらいまで、オウム真理教は順調に勢を拡大し、「寄進」と称して、信者やその家族の財産を教団のものにさせていた。それが「バブルがはじけた」以後になって暴力的な収奪、拉致、監禁といった行動が増えて来る――しかしそれでも、一九九五年の三月までは「オウム真理教？　なにそれ？」的な見えない状況が続いていた。多くの若い男女がオウム真理教の信者になり、そこにいくつもの家族断絶の悲劇があったにもかかわらず、世の中の目はそこへ向かわない。まるで虐待された子供が死ななければ、そこに存在していた「虐待の事実」が見えないままでいるのと同じように。

いつの間にか出来上がってしまった「常識」という時代の壁は、ひそやかに浸潤して来る正体不明の脅威に対する防護壁にはならない。「これでいい、もう十分」と思うようになってしまった人達の目から、忍び寄って来る厄介を隠蔽する機能しか持たない。だから、高くて部厚いはずの壁は、柔らかくぶよぶよで、なんの衛《まも》りの役にも立たない。始末の悪いことには、この壁は「観念の壁」だから、それが無意味な境になっても、その内側の人達が「ある」と思えば存在する――老人の妄想のように、「ある」と思う人間達がそこに存在する限り、「観念の壁」は永遠に存在し続ける。

「過去の日本のあり方」をイエスと思う愚かな老人達がいる限り、日本の基本フォーマットは永遠に変わらない。

三　昭和の終わりと「時代そのもの」の終わり

昭和が終わった時、私が「自由だ！」と思ったのは、自分を排除していたその「壁」が消えたことを実感したからだった。平成元年のその頃、私はまだその「壁」を単純に「昭和という古い時代の壁」とだけ思っていた。そう思うのはいたって常識的なことだが、しかし私は「昭和という古い時代は終わって、平成という新しい時代が始まるのだ」とは思わなかった。

昭和が終わった当時、その当時の世の中のあり方を説明する「バブル」「バブル経済」という言葉は、まだ存在していなかったか、存在していても多くの人はその言葉にピンと来ていなかった。つまり、時はバブル経済なのに、人々はその実感を持っていないということで、終わってしまった「昭和」は「バブル経済」という形でまだ存在し、継続延長していた。つまり、昭和の終わりの人達は、自分達が「バブル経済」と言われるものの中にいるという自覚なしに生きていた。その時に生きていた三十代後半から四十になった私は、「金がある」ということを中心に据えてなにも考えないでいる人間達のあり方を見て、醜悪以外のなにものも感じなかったから、昭和が終わったにしても「好景気→バブル」という流れが、そのままに平成に持ち越されるそのことがいやだった。

平成も三年になればバブルははじける。私は経済学者じゃないから、そんな予測は出来ないが、「いやなこの状態はやがて終わる」と確信していた。世の中は、平成という時代を「昭和の延長」と捉えるだろう。しかし私に「昭和の延長」はない。平成になってからの私は、現在年を西暦で表記して、元号を使うことをしなくなった（「平成何年かを書け」と言う役所の文書にはそのまま従ったけれど）。

早い話、私は昭和が終わった時、「昭和が終わったんだからバブルも終わるんだ」と、思い込んでいたのである。しかし、実際にはなんの実権力を持たない「象徴」である天皇の死は、どうしてバブル経済の終焉とシンクロするのか？　シンクロしたのではない。ただの偶然の一致で、好景気を続ける日本経済はやがてデッドエンドに乗り上げ、そこに高齢になった昭和天皇の死が重なっただけだ。時代は時々、「分かりやすい目印」をくれる。

一九八〇年代、日本は「世界一の経済大国」になると言われていた。これはある時期の歴史的事実ではあるけれど、当時の日本人に「我々は世界一の経済大国の国民だ」という発想がなかった。バブルの時代に「バブル」という語がなく、「バブルだ」という実感を人が持たなかったのと似たようなものだが、どうして国民にそういう実感が湧かなかったのかと言えば、一つには、輸出で企業が潤っても、それが国民に回って来るわけではない。これを明白に語るのが、平成になってから盛んに言われるようになった「国内消費をもっと多くしろ」だったりもする。

つまり、昭和の日本人は働いて、その金をあまり使わずに貯め込むことの方が多かった。「金なんか使っちゃったらやばいことになりかねない」と思って預貯金に回していた。それはつまり、自分達の生活基盤がまだ不安定だと思っていた結果だった。

そういう日本人が、「日本は世界一の経済大国だ」と言われたって、ピンと来るはずはない。なにしろ、日本が世界一の経済大国になったということは、欧米の主導で進んで来た「近代」という時代区分が終わってしまった――日本が「その先」へ行ってしまったということだから。

産業革命によって「機械を動かすエネルギー」を手に入れたヨーロッパ諸国は、その動力が可能にした大量の工業製品を売り捌《さば》くマーケットと、原料の調達を求めて十九世紀早々から末へと動き始める。既に武力支配の時代ではなく、軍隊をバックにした押売りという過渡期的スタイルで。「作れるだけ作る」「作ったものは売るから買え」という需給バランスを無視するような時代が始まる。

「買う」ということを実現するために鎖国をしている国に開国を迫り、武力をちらつかせてその門が開いたら、「貿易しましょ」になる。だから当然、幕末の日本が〈開国してから〉最初に外国と結んだ条約は、日米修好通商条約になり、当時の日本人はまだ外国との貿易のルールを知らないから、輸入品の関税は安く、輸出品は高くという、「高く買って安く売る」というへんな条件を押しつけられる。

日本はそうして「近代」という時代に巻き込まれて行くが、巻き込まれ、ただけでは損をするに決まっているから、対抗策を考える。西洋諸国と同じように近代化を図って近代国家になるというのがそれで、そこから「富国強兵」というおなじみの政策が登場する。「富国強兵」というと「軍事国家への道」というイメージが強くなるが、ここには国力を高めるための「殖産興業」という国家方針も共にある。日本人は工夫が好きでなんでも工夫をしてしまうし、既に米だけが経済を支えていた江戸時代に、各藩は「稲作だけじゃだめだ、経済を破綻させないように産業を興せ」と言っていたので、その下地は出来ている。その先で日本は戦争に傾いて大損をするが、戦争終了と共にそれまで貯えた技術力と、なんだか知らない「こん畜生！」的な頑張りで、世界一の経済大国になってしまう。

やがては「バブル経済」と呼ばれるようになる一九八〇年代後半、日本は貿易で他の先進国を圧倒し、「このままではいかん」と思う各国は、日本に「我が国の製品を買ってほしい」とアピールをするようになる。デパートでは、各国の商品フェアが開かれ、フランスは、今ほど人気が盛り上がっていなかったチーズとワインを「買ってね」と言い、当時首相だったマーガレット・サッチャー御自《おんみずか》らがやって来たイギリスも「英国フェア」をやったが、イギリスがなにを売りたがっていたか記憶にない。紅茶とかウイスキーの農業製品だとは思うが。

日本車に職業を奪われると怒ったアメリカの自動車業界の労働者は、日本車をハンマーで叩き壊すデモンストレーションをやっていたが、そのアメリカからも当時のロナルド・レーガン大統領がやって来た。もちろん、大統領も「アメリカ製品を買ってくれ」とは言うが、そのアメリカ製品は、農業製品のケチャップだった。当時の日本人にすれば、「アメリカ人みたいに、なんでもかんでもケチャップかけて食うなんかしねェぞ」ということで、お笑いの内に近代は終わった。誰もそんな風に考えないからそう思わないが、日本が追いかけて達成していたがった「近代」という時代は、なんとも間抜けな終わり方をしてしまったのである。

四　平成になってバブルははじける

昭和の終わりに向けてバブル経済は、まだその名を持たぬまま昂進し、やがて昭和天皇は崩御して昭和という時代は終わるが、それはまた世界史的な「近代」という時代の終わりとも重なる。

普通、世界史の方では、そんなところまで「近代」を引っ張らない。第二次世界大戦の終わったところから「現代」という区分になるのが普通だが、それは「武力による他国制圧」がもう有効手段ではなくなったというだけで、多くの近代先進国は「現代」になっても武力を保持していた。そこで「武力放棄」を他国から要請された日本は、経済一本に道を絞って、いつの間にか先進国が作っていた「近代」というフォーマットを無効にしてしまったのだ。

でも、昭和の終わりの日本人はそんな面倒なことを考えない。そのまま、終わってしまった「近代」という時代のその先へ足を踏み出してしまう。「開国」を受け入れざるをえなかった日本人にとって、「近代化」は理不尽な要求であると同時に、いやが応でも達成せざるをえない「目標」でもあった。近代化に邁進する日本人には、その近代に終焉《ゴール》があるとは思えなかったはずだが、でもその達成への道は終わってしまった。「道」だけはあったが、そこに如何なる案内図も道路標識もなかった。それでも相変わらず「昭和のままで平成も行ける！」と思っていた日本人は、一九八〇年代の間に「今までとはもう違う」ということを実感していた。物をガンガン製造して輸出に回すということをして世界一の経済大国になった日本は、かつての先進国から嫌われるようになった。国内での消費でも微妙な限界が見えていた。当時の日本人が必要とするような供給はほぼまかなわれていた。そこで、経済に関する方針が変わる。

それまでは、働いて得た金を預貯金に回すことが当たり前だったが、その預貯金の金利が下がり始めた。つまり、銀行などの金融機関に金を預ければ、利子が付いて金が増える——だから安心だ、という従来の構図が成り立たなくなった。あまり金を使わず貯蓄に勤《いそし》んでいた日本人達の国は、十分過ぎる以上に金を貯め込んでいた。だからといって、その貯め込んだ金を使わせて、それで経済を上向かせるという発想は、まだなかった。既に言ったように「国内需要を盛んにしろ」というのは、日本の貿易攻勢に困った外国の言うことで、まだ日本人の発想ではない。

長い間、日本人にとって働くことは善なる美徳で、浪費は身を滅ぼす悪だった。長い間の生活習慣はそう簡単に変えられない。だから、物を作ることによって豊かさを得た日本人は、それ以外の方法で更なる金儲けをすることを考えた。当時的な言葉で言えば、それは「財テク」というもので、金融機関から金を借り、将来的に値上がりが見込めるものに投資をするという方法だった。

金を借りるための担保は、将来的に値上がりが見込めるその物件だった。「右肩上がり」という、将来的な発展を当然の前提として、借金をして「将来的な利益」を買う。買う物は、「絶対に値崩れしない」と思われていた土地や、発展中の状態の中で「値下がりなんかするはずがない」と思い込まれていた株だった。

　今まで以上の金が、土地や株を求めてやって来る。当然のことながら、土地や株は値上がりする。これがバブルで、この好景気状態のようなものは、やがてはじける。なにしろ、買った方は、大きな借金をして買っている。借金をした以上、これには利子の支払いが必要になる。借金をして買ったものを高値でどこかに売り抜ければいいが、この「値上がり曲線」に付いて行くためには、借金をし続ける、利子を払い続けるということが必要になって、やがてこの悪魔の利殖法のようなものは破綻してしまう。バブル全盛で始まった平成は、二年、三年たったところで「バブルがはじけた」という状況を迎える。

「バブル経済は昭和のもの」という思い込みは強い。実際そうではあるけれど、だからと言って「バブルがはじけた」は昭和の出来事ではない。バブルは平成になってはじけて、「平成」という時代は経済的挫折から始まるのだ。

　平成二年（一九九〇）になって、私が事務所として借りていたマンションのオーナーがやって来て、「この部屋を買ってほしい」と言った。築三十年近い中古で、陽当たりの悪い半地下だが、三十坪という広さが取り柄で、家賃も安かった。オーナーの方も親族が死んで相続税で大変なこともあったらしいが、「買ってほしい」と言う売り値は「坪六百万円」だった。既に銀行もこの融資を了解しているという。そんなことを言われても困る。その銀行は私の取引き銀行とは違うところだから、「こっちの銀行と相談してもいいですか?」と話を引き延ばした。

改めて私が口座を持っている銀行の担当者に話をすると、「坪六百万円はいかにも高い。ウチの方の査定額だと、坪四百万円だ」と言って、「オーナーと交渉して値引きしてもらったらどうですか?」と言う。私はバカな子供の使いになってオーナーのところへ行き、「こっちの銀行は〝高過ぎるから負けてもらえ〟と言ってるんですけど」と言うと、「そんなバカな」という答が返って来た。

なんで中古の半地下のマンションの一室がそんなに高いのかというと、その頃近くに都庁が引っ越して来たからで、それで土地の相場が上がった。典型的なバブル現象で、オーナーの連れて来る銀行は、既に「坪六百万」の査定をしている。だめだと言われた私は、またバカな子供の使いとなって、こちらの銀行の担当者に「負からないって言ってるよ」

と電話を掛けた。すると担当者の声がたちまち変わって、「ちょっと待って下さい。ウチの方で査定し直させますから、ちょっと待って」と言った。こちらはまだ「買う」などとは一言も言っていないのに。

一日たってその銀行の担当者がやって来て、「坪六百万でいいです。融資でます」と言った。たった二日で、不動産価格は一・五倍になった。私が経験したバブル末期――つまりバブルピーク時の実話である。

結局私はその物件を買ったのだが、なぜ買ったのか？　「買えばいずれ値上がりする」というような理由ではない。私が印鑑を押して契約が完了した時、銀行の担当者は私に「また値上がりしますよ」と言ったが、私は笑いながら「そんなわけないじゃん」と言った。中古の半地下で、しかも本来は居住用のマンションが、その先「坪七百万」とか「八百万」の値段で売れるわけがない。それくらい常識で分かる。常識を無視したバブル相場であっても、最後に勝つのは常識だ。

では、なんだって私は、先の値上がりも見込めない常識はずれにも高い物件を買ったのか？　そこに引っ越したのはたった一年半前で、仕事のスケジュールもタイトな中、大量の荷物を抱えてまた引っ越しするのはいやだなという、バカげた気もなくはなかったが、そんな理由ではなく、第一は「そんなローン、俺に払い続けられるんだろうか？」という疑問のため。

買ってしまえば、毎月のローンの支払い額は百五十万円になって、それまでの家賃の七倍以上になる。いくら物件を担保に取ったからといって、存在しているのかどうかよく分からない知名度の低い作家に、どうして銀行は金を貸せるのかという疑問があった。「俺は、まだ金を貸しても大丈夫な、将来のある作家なの？」ということが知りたかったというのが一つ。それがあるからこそ、「この先〝貧乏になる〟ということを経験しておいた方がいいんじゃないか」とも思った。

それまで私は「貧乏」というものを経験していない。昭和の終わり近くにはそこそこの金も持っていた。私は「もう金はそんなにいらない。あり過ぎると使い道に困るから」と思っていた。ところが外界ではバブルの風が気持ち悪く吹いている。平成になって二年目の私は、「このままでいいはずがない」と思っていて、「この先は貧乏だな」と思い、自分が貧乏になる決断をした。毎月百五十万円ものローンを払っていたら、その内貧乏になるに決まっていると思った。そしてそのように貧乏になって、平成一杯借金を返すことだけを人生の友として、平成三十年の夏、見事に返し終わった。私としては「バカみたいなもの」だ。

まだバブルがはじける前の平成二年、私がそんなことを考えていたのは、昭和が終わった年に「まだ経済がどうこうではないけれど、これから先は経済が重要なキイワードになるな」と思ったからだった。

それまでの私は、経済のことになんかなんの関心もなかった。プラザ合意がどうしたとか、円高がなんとかという話もどうでもよかった。昭和の末期のバブル経済の時期は丼《どんぶり》勘定で動いていたから細かい経済のことなんか、「どうでもいい」ですませておけたのだ。ところがその昭和が終わってしまうと、「どうでもいい」ではすまなくなって来た。

昭和が終わった年、私は『'89』という本を書いた（河出文庫）。終わってしまった昭和の一年をあらゆる方向から検討したつもりの本だったが、そこには（本来ならあってしかるべき）「経済」という切り口が抜けていた。まだ経済を解明するための「バブル経済」という言葉は存在しないし、私にもろくな知識はない。だから「次は経済だな」という形で、それを保留にしていた。

私にすれば、経済に関する本を読んだって、経済のことなんか分からない。経済を分かるためには、経済の中に入って経済と関わりを持たなければならない。そういう私の前にやって来たのが、「一億八千万円でバブル経済に参加しましょう」だった。それで私は、バカげた取引きに判を押したのだが、それから一年半後の平成三年の冬、当時のマンションの管理人が来て、「ここの隣の同じタイプの部屋が売れたんですけど、おたくはいくらでここ買いました?」と言って、相場の最新を教えてくれたが、それは私の買った値段の半額だった。私は「へー」と言うだけで、いくらで買ったとは言わなかったが、管理人が去った後で「ホーラ、見ろ!」と叫んだ。

銀行からの融資が決まって、契約書に私が判を押した時、銀行の担当者は「まだまだ上がりますよ」と言ったが、対する私の答は「上がるわけないじゃん」だった。中古で半地下の日当たりの悪い、本来は「居住用」のマンションが坪七百万や八百万に値上がりして誰が買うんだ? 買うわけない。たまたま金余りのバブルの時期で都庁が近くに移って来た——それだけの理由で「値上がりするぞ!」という思惑が生まれ、それに何人もの人間が呑み込まれただけだから、バブルがはじけなくても、時がたって冷静さが生まれれば相場は下がる——それだけの話だ。

私にとっての「謎」は、人はなぜ経済——特に投資話に身を乗り出すのかということだったが、その答は一年半で分かった。それは「投資をして資産を増やす、増やせる」と思うからだった。しかし、私にはそんな気がない。私はただ「この相場は上がるか、下がるか」という賭けに一億八千万円を「下がる」と張って、賭けに勝っただけだ。もっとも、これをしてなんの得になったかと言えば、一銭の得にもならなかったが。

五　平成三十年はどんな期間か

その一件で多額の借金を残したまま、私の「経済」への関心はなくなった。それでまた「経済」に執着していたら、「なんとかして損失を取り戻してやる」と考えて、ろくなことにはなっていない。「経済なんて金のある奴だけがやってればいい」と思って、私は「貧乏へのゆるやかな下り坂」を進んで行った。

私にとって「経済」での分からないことはたった一つ、「それをしてどうなるの？」ということだった。なんのためにそれをするのか？　それをすれば金儲けが出来る——ただそれだけのためで、「経済」は進んで行く。私にとって、生きる実感とは関係のないそんなことになんの意味もない。だから、「金があって金を増やしたい奴がやってればいい」にしかならない。いくら先が読めても、儲からない方ばかりを選択していては、いけないらしい（まァ、当たり前のことだけれど）。

たった一年半で私は「経済なんかどうでもいい」と放り投げてしまったが、しかし世界はその辺りから「経済」に翻弄されるようになる。

「平成」と一口に言っても三十年ある（正確には三十年と四ヵ月）が、この期間はおおよそ三つに分けられる。一つは平成十二年（二〇〇〇）までの二十世紀十二年間――この第一期は、まァ穏かだったが、続く第二期はアメリカでの同時多発テロが起こった平成十三年（二〇〇一）から、オバマ大統領の登場した平成二十一年（二〇〇九）までの九年間。イラク戦争とリーマンショックの時期。第三期は平成二十二年（二〇一〇）から現在までで、トランプ大統領の登場で混乱が生まれる。

ちなみに、六十四年を刻んだ昭和――最初と最後の一年は一週間しかなかったが――も、三つの期間に分けられる。一つは、昭和二十年までの戦争の期間。二つ目は昭和三十九年の東京オリンピックまでの、復興の十九年間。最後は、その後の高度成長からバブル経済までの二十五年間。へんな因縁のようなものを感じないわけではない。

平成の第一期、日本ではバブルがはじけ、その後に「失われた十年」と言われることにもなるが、事態は一向に改善されず、その後も「失われた二十年」、更には「三十年」と続いてしまう。バブルがはじけたことによって、いくつもの地方銀行が営業停止になり、大手の証券会社も姿を消した。バブル景気から一転して不況になり、新卒の大学生は就職難になって「就職氷河期」と言われた。だからと言って、それで日本社会がパニックを起こしたわけではない。そういう不景気の中で、不景気とは反する動きも生まれていた。バブルの時期に言われ始めて定着しなかった「国内消費」がそれだ。

昭和の終わり近くに「男女雇用機会均等法」が施行されて、女性の就職が保障された。会社に職を得た女性達は、不景気になってもクビになるわけではない。不景気になっても、円は以前に比べて高く、輸入品は安く手に入る。職を得た女性ばかりではない。まだ学生の娘も、専業主婦の妻も、輸入のブランド品をほしがる。不景気になっても、日本人の貯蓄はまだ温存されていたのだ。奇妙なことに、バブルがはじけた後になって、普通の日本人はバブル景気の方へ寄って行った。

就職氷河期と言っても、その年頃の学生達は、それまでバブル景気の中にいた。だから彼等は、就職が出来ないなら出来ないで、新しい働き方のスタイルを選択した。

これもまた昭和の終わり近くに登場したものだが、大学を出ても就職をしない若者が増えて来て、彼等は自分を「フリーアルバイター」と称した。やがて略されて「フリーター」になる。

彼等の父あるいは世の男達は、大学を出て就職し、終身雇用という固定的な道筋を辿った——それが当たり前だった。しかし、好景気のバブルの時代にそれをいやがる若者達も出て来た。バブル景気だから就職口はある。好きなところで好きなだけ働いて、後は遊んでいる。従来常識からすればふざけた考え方だが、バブルの時代にはこれが通用するようになった。会社の方でも、人件費のかさむ終身雇用制をわずらわしく思うようになり、中途採用、中途退職を容認し始めた。その流れを受け継いだような形で、人材派遣の業者が登場する。

就職出来なかった学生は、人材派遣会社に登録すればいい。学生は基本、好きな職種を好きなように選べるが、雇用する側もまた、好きな数を好きな期間雇用出来る。解雇に関するわずらわしい手続きはいらない。一方的に派遣契約を打ち切られる「派遣切り」や、毎日毎日雇用先を変えさせられる「日雇い派遣」という問題が表面化するのは、次の平成第二期になってからで、一九九〇年代の平成第一期は、バブル経済を通過した日本人が従来のあり方を微妙に変えて行くそんな時期だった。

日本の平成第一期は、微妙な不安定さを抱え込んだ「平穏なままの時代」だったが、これが世界に視点を移すとそうでもなくなって来る。

昭和の終わり近くにチェルノブイリ原子力発電所で爆発事故を起こしたソ連は、すったもんだの騒ぎの末、平成になってソ連邦そのものを解体してしまう。

原発事故はソ連解体のきっかけに過ぎず、ソ連が解体への道を進まざるをえなかったのは、軍事費だけに足を取られて、国民の生活を不自由なままに放置していたことにある。ソ連の傘下にあった東欧の国も似たような事情で、衛星放送のテレビで西側の事情を知った東ドイツの国民は国境を越えて逃げ出し、昭和が終わった平成元年の冬、ドイツの東西を仕切っていたベルリンの壁は崩壊してしまう。

ソ連はロシアとなり、連邦を構成した共和国は独立し、東欧の衛星国家もソ連から離れて行く。旧ソ連のロシアはそのことをどう思っていたかは知らないが、この「大変動」はソ連側の軍事行動も惹き起こさず、穏かにあっけらかんと終わった。ただ、なんらかの遺恨は残って、平成の第三期になるとソ連〔ロシア〕は独立したウクライナに働きかけ、軍事上の要衝であるクリミア地方をロシア領に編入してしまう。

中東ではイラクがクウェートに侵攻し、これに対してアメリカを中心とする多国籍軍がイラクを攻撃して湾岸戦争が起こる。飛んで行くミサイルがテレビ画面に映され「テレビゲームのように見える戦争」とは言われたが、これもあっという間に終わってしまう。あっという間に終わった湾岸戦争だが、「アメリカ軍の異教徒が聖地を汚した」ということになって、ここにオサマ・ビンラディンの過激派が誕生する原因を作る。平成の第一期は、かなりの大変動や戦争が起こるが、すぐにこれが鎮静化されて「まァ、穏か」な時期となる。

日本の二十世紀中である平成第一期は不況のただ中だから、これを「まァ穏か」と言ってしまえば皮肉も入るが、実はこの第一期から昭和の時にはなかった、あるものが入り込んで来る。それがなにかといえば、「外国からの攻勢」である。昭和の時代、日本は一人相撲で外国相手に戦って「世界一の経済大国」になったが、平成になるとそうは行かなくなる。

六　昭和オヤジの受難

昭和が終わると、ご承知のようにＩＴの時代がやって来る。昭和の終わり頃には既にパソコンがオフィスに導入され、ＯＡ化が言われて社員の中途退職を進める一要素にもなる。だからと言って、その段階でまだインターネットは本格的な稼動はしていない。「インターネットの時代になるとこういうことになる」という、夢物語のような話だけが一方的に定着した。

そのインターネットが平成になると本格的に動き出すが、もちろんこのインターネットは「日本発」のものではない。日本の「物作り経済」はバブルになって頓挫する。だから不況になって、一向に打開されることのない「失われた十年」になる。「物作り経済」に未来を見出せないのはアメリカも同じで、世界の物作りは市場開放をしてしまった中国に任せて、日米貿易戦争の敗者アメリカは、新しい手段で攻めて来る。

一つは、インターネットで世界を結ぶＩＴ戦略。もう一つは、企業買収のＭ＆Ａ。どちらも、今までの日本の会社オヤジの発想から出て来ないものだった。

おしゃれで使いやすいアップル社のパソコンが登場したのは一九七〇年代中頃の昭和の頃で、コンピュータの扱いに慣れた若者達は、インターネットが来るのを待っている。しかし、会社からパソコンを支給されたオヤジ達は、その扱いが分からない。今まで部下に任せていた書類の作成を、自分でパソコンを使ってしなければならないことに面喰らっていた。まだインターネットがない以上、そのパソコンの可能性もよく分からない。だから、インターネットに簡単に接続出来るマイクロソフト社のソフト、ウィンドウズ97が発売され、一挙にネット社会への道が開かれるようになると、どこからともなく「オヤジは古い」の声が上がるけれども、だからと言って、これは「変革の声」ではない。

平成になって何年かたつと、若手のお笑い芸人の中から、他人のすることに対して「昭和の臭いがする」という揶揄が飛ぶようになる。「古臭い、その古臭さがいやだ」ということだが、昭和の延長でしかないような時代状況の中で、自分もまだ「昭和の人間」であるようなくせに、それを否定してしまえるというのはいい度胸だが、その人間がそんなことを言うのは、まだ元号が「昭和」であった以前から、昭和の空気が嫌いだったからだ。なにしろ六十四年続いた昭和は、日本の年号としては最長で、その最後がバブルの好景気であったとしても、バブルに関係のない一般人の中には、変わらない時代の閉塞感にうんざりする人間達もいただろう。あるいは、バブル景気そのものが、長く続いて変わらない昭和の閉塞感そのものであったのかもしれない。

もちろん、昭和を乗り切って平成に辿り着いたオヤジ達に、時代を支えた自分達、あるいは自分達の時代にそんな嫌悪が生まれているという気付き方はない。昭和が終わった時、日本で一番人口の多い団塊の世代の人間はまだ四十代にさしかかったばかりだった。その上の「モーレツサラリーマン」と言われた世代の男達の後に従って高度成長以後を引っ張って来た団塊の男達には自信がある。そして、その上の世代と違って、団塊の世代の男達は胸に「青春」というものを抱えている。四十歳を過ぎたからといって、彼等には自分達がもう「オヤジ」だという実感は生まれない。しかし、彼等の心の中の問題とは別に、経済活動のあり方が変わって来た。外側が変わった以上、「俺達は変わっていない！」と言っても仕方がない。

その「昭和オヤジ」になってしまった会社人間の男達を戦慄させたのは、アメリカからやって来た、企業買収のM＆Aだった。

それまでにも株の買い占めという事件はあった。しかしそれは、会社の経営権を獲得して乗っ取るというような話ではなく、言い方は悪いが、「こっちの株を買い取らないと乗っ取るぞ」という脅しのようなものだった。会社経営というものは、そう簡単に部外者の出来るものではないし、日本の会社男達の中には「俺の会社を好きにはさせないぞ！」という一体感がある。だから、縁も由縁《ゆかり》もない業種違いのアメリカの会社に株式の取得を進められても、「なぜ？」でしかない。

しかし、M＆Aを考えるアメリカの金融会社は、相手の会社の財務諸表を確認して、「業績は悪くなっているが、建て直せる余地はある」と判断して、会社を買収し経営環境を建て直して、高い価格で別の企業に売り飛ばす——そうして利益を得ることを考えている。言ってみれば、中古住宅を買ってリフォームして売り直すという、会社そのものの不動産化で、「会社＝働くところ」だった男達の考えを根底から揺るがして、「会社＝売買の対象になるもの」と引っ繰り返してしまった。

バブルがはじけて「右肩上がりの時代はもう終わった」と言われ、鬱状態になっていた不況の日本にアメリカの企業が買収にやって来て、「このままでは日本そのものが買われてしまうのではないか」といううっすらとした不安感も生まれたが、平成第一期のM＆A騒動はたいした大事《おおごと》にもならず消えて行った。日本で本格的なM＆Aが起こるのは、平成の第二期になってだが、ここで主役になるのは日本の若い世代だった。

七　いつの間にか生まれていたもの

既に昭和の段階で、パソコンに興味を持って自分から進んでパソコンと向き合う若者達は生まれていた。自分でプログラミングをしたり、インターネットの前段階であるようなパソコン通信で仲間と連絡を取ったり。パソコンに興味のない人間は、それを「自閉的な営み」と思ったりもしていたが、ここにインターネットがやって来ると、ひそかに、しかしガラッと大きな変化が生まれて来る。

　インターネット最大の特色は、そこに仮想《ヴァーチャル》空間が作り出せるということで、誰かがサイトを開いて、そこに多くの商店を集めれば、クレジットカードで決済出来る巨大な商店街が出来る。サイト運営者はヴァーチャルな不動産屋で、用地の買収も店舗の建設費も必要ない。店舗数に制限はなく、日本中のどこからも店舗を集められる。昭和の一九八〇年代に日本の各地に「シャッター商店街」と言われる寂れた商店街が出現する。地方で営業して特色ある商売をしていた店は、インターネットのサイト内に店を開けば、周囲の寂れた現実に影響されず営業を続けられる。消費者の側も、わざわざ遠くまで足を運ばずに用を足せるから、ヴァーチャル商店街あるいはヴァーチャル百貨店は、あっという間に巨大なマーケットになる。

　私自身は、インターネットに限らず、実用品を通販で買おうという気はない――と言うよりも、だんだん貧乏になって消費を抑えるしかなくなっている。そもそも私には、現物を見ずに服を買うということが考えられない。写真がありサイズの表示があっても、それが自分に合うかどうかは分からない。ところが世の中には「服を買う時に店員と話をするのが苦手」という、対面販売そのものが嫌いな人が結構いて、そういう人達はクリックするだけで商品が手に入るネット通販を歓迎する。

インターネットは、やがてＩＴ長者と言われる若い経営者達を何人も生む。と言うよりも、知らない間に以前のルートからまったく違う形で、新しい経営者達が登場する。うっかりすると、ネットの向こうに経営者がいないようにも思えるが、さっさとコンピュータと向き合った若い人間達がサイト運営を始めて多額の資金を動かすようにもなる。だから、彼等の中からは、アメリカの投資会社のように、会社そのものを売買の対象にするＭ＆Ａを計画するものもいるし、従来のあり方にこだわらないＩＴ長者に影響されて、投資のあり方を考え直す人間も出て来る。「物言う株主」を標榜して株の取得を積極的に行う人間も出て来る。残念ながら、彼等は日本の法律に引っ掛かって刑事裁判の被告人になってしまうが。

今迄にない方法で「成功者」になった彼等は、今迄にない「更なる成功」を目指す。その彼等の徒手空拳に近い形のサクセスストーリーは、若い人間達に影響を与える。それはつまり「こうすれば金持ちになれる」で、「失われた十年」の不況下にあった日本の政治家の中には、彼等を選挙に利用したがる人間も出て来たが、「自分一人でトップになった」という気の強いＩＴ長者は、与党の公認を拒絶する。しかし、若者に受けたＩＴ長者も、従前通りの生活習慣が強い中高年の男達からは、「額に汗して働かずになに言ってんだ」という反感を買う。

まだ二十世紀中の平成第一期に、日本はネット社会に片足を突っ込んでいた。もちろん、ネット社会は日本オリジナルに発生したものではない。アメリカ由来のパソコンとインターネット網があってこそ成り立つものだが、それを可能にするマイクロソフト社のソフト、ウィンドウズ97が発売された時、若い人間は販売店の前に徹夜で行列を作ったが、その騒ぎに対して「第二の黒船だ！」という論評もあまりなかった。やがては老若男女に広まって「ネット社会」を作ってしまうものの初めが、なぜそれほど注目されなかったのかと言えば、パソコン文化がまだ若い人間に限定されると思っていたからだろう。だから、ウィンドウズ95や97の発売で生まれた行列は、若者に人気のゲームソフトの発売待ちの行列と同じようなものに思えたのだろう。

昭和の間に、パソコンは若い人間達の間でゆっくりと浸透して行った。その点で、ある時突然その存在を明らかにした「おたく」や「オウム真理教」とは違うが、インターネットの登場前に「インターネットが可能にする未来社会」を夢見て恍惚としていた彼等もまた、「気がついたらそこに存在していた」の部類ではあるだろう。

おたくも、パソコンにはまった人間も、どちらも生身の人間とはあまり関わりを持たない。おたくは、マンガやアニメとばかり向き合っている。パソコン人間の方は、パソコンのモニターばかり見ている。その方が現実の人間と付き合う必要がないから楽ということなのだろう。「ネット通販だと、ファッションに詳しい店員と直接に話をしないですむから楽だ」というのと同じである。だから、前にも言ったように、ＩＴ長者のような人達は、「現実を変革する」という心をあまり持たない。「額に汗して働かない奴等」と譏《そし》る人間達が当たり前にいて、ＩＴ長者の前を塞ぐ者はいくらでもあっただろうが、彼等は平気だった。勝手に決めつけるのも申し訳ないが、彼等は「自分達が金儲けをすれば、そのことによって道は開け、自分のやりたいことが出来るようになる」と信じていたから、「社会の変革」などは考えない。「自分達のしていることが成功すれば、自ずとそれが社会の姿を変えることになる」と思っていて、実際それで日本はネット社会になって行ったのだから、それでよかった――私の頭ではなく、ＩＴ起業家の頭で考えればそうなるだろうが、私は「それでいい」とは思わない。

だから私は、いまだにパソコンもスマホも持っていないし、他人のパソコンをいじってモニター画面に注目したこともない。

2 「時代」とはなんだ？

一 昭和への軽侮

ここまで、昭和の終わりから平成の初めまでを概観して来た。概観だから、ざっと流して見るのが先で、必要なツッコミがかなり抜けていた。しかし、だらだらと事実関係だけを列記するということをせずに、言うべきことだけを言ってしまったら今風で、分かりやすいかもしれないが、そうなると「否定的なことばかり並べている」と言われる可能性は大でもある。しかし、もう概観はしてしまったので、言うべきことをはっきり言わなければならない。だからはっきり言う。

平成になって明らかになったのは、昭和の間に「自分達の生きている時代への嫌悪」が、かなり蓄積されていたということである。

平成七年に東京の地下鉄で猛毒サリンを撒いたオウム真理教は、「やがて地上に最終戦争《ハルマゲドン》が起こる」という予言（？）を教祖の麻原彰晃《あさはらしょうこう》がして、そのバカげた言動を「真実」だとするために、サリンによる無差別テロを実行したのだという。信者の中には高学歴の人間もかなりいて、「サリンを自前で作る」ということも可能にした。彼等がなぜそんなことをしたのか、教祖のバカげた計画に素直に従ったのかというのは謎だが、オウム真理教という偽宗教に入信した彼等が、彼等をオウム真理教に入信させることになってしまった社会に、敵意や反感を持っていたことだけは確かだ。でなければ、無差別テロに加担するなどということは起こらない。それがなんだったのか、「昭和末の閉塞感」という言葉で片付けていいのかは分からないが、高度成長のその先にあった昭和の時代が、ある種の人間に嫌悪を感じさせるものを持っていたことだけは確かだ。

　昭和の一九八〇年代は学校で子供達の「いじめ問題」が深刻化する時期だったが、その前の一九七〇年代は「ツッパリ」や「暴走族」「ヤンキー」が生まれた「荒れた学園」の時代だった。これがどういう流れの中にあったのかは、簡単に説明出来る。

　一九六〇年代の末頃には「高校全入運動」というのが起こる。つまり、高校の義務教育化を推進せよという動きで、これは実現されなかったが、「高校を出て一人前、せめて高校くらいは出ておいてくれ」という雰囲気は出来上がっていた。その少し前の一九六〇年代初めまでは「義務教育の中学を卒業して就職する」というあり方が当たり前にあったが、十年もたたない間にそれが「珍しい選択」に変わった。中卒の労働力を求める中小企業はまだあったが、「義務教育だけで子供を働かせなければならない」という貧困家庭は減っていた。つまりそれだけ、一九六〇年代中に日本人の生活レベルは上がっていたということである。

がしかし、ここで重要なのは「経済レベルが上がった」だけでは解決のつかない、置き去りにされる問題もあるということである。つまり「生活レベルが上がって多くの子供達が高校へ進学出来るようになったって、その子供達が勉強好きで、高校に行きたいと思っているかどうか分からない」という問題である。「勉強がいやなら働け！」という選択肢はほぼ消滅しかかっている。哀しいことに人間は、生活レベルが上がるとまず「余分な見栄」ばかりが身につく生き物らしい。

かくして、多くの子供が行きたくもない高校へ行かされる。その高校が荒れるのは必然のようなもので、その運命が待っている子供達の通う中学が荒れるのも当然のようなものだ。

そうして日本人は画一化したと言うよりも、まだ将来を考える余裕がない――そういう教育を受けていない子供達が「限定された一本道」を歩かされるようになって行ったということだろう。つまり「不良になる」ということは、行きたくもない高校へ行かされた子供達の「もう一つ別の道を行く」という模索だったのだ。だから、その不良文化には「人生訓」のようなものが濃厚につきまとっている。「決められた一つの道」をはずれても、彼等は彼等なりにあるべき「人生」を目指そうとしていた。そしてそれは、個人的な営為ではなかった。彼等のあり方はマンガや映画の題材となって、ある時代の文化ともなった。

　しかし、だからと言って不良の力が一般常識を圧倒するということにはならない。豊かになって行く日本は、やがて「悪目立ちをする不良はださい」という雰囲気を生み、「荒れる学級」は徐々に姿を消して行くが、その代わり、平静を装った学校の中では「いじめ」が広がって行く。決まりきった「一つの道」を受け入れて変な逆らい方をしなくなった子供達の中に、それで承服しがたい心がまだ残っていて、それがサディズムとして作用したとしか思えない。

　もちろんこれも、同時進行形で全国均一に起こるとは思えない。高校全入の声が上がるのは都市住民の口――それも「意識の高い専業主婦の母親」の口からで、農村地帯のど真ん中でいきなりそんな声は生まれない。私は勝手に、都市化の進行と共に「不良↓いじめ」の変化は、スプロール現象のように広がって行ったのだと思っている。

　もちろん、私だって昭和の間には社会に対してヘソを曲げるようになっている。私はいつの間にか「存在しない作家」になっていて、「これでいいのだ」とばかり高度成長からバブル経済へと一直線に進む日本には、「これだけでいい」とするあり方を囲い込む常識の壁が出来ていた。だから私は、その常識の壁に少しでも穴を開けてやろうと思っていた。もちろん、そういうことをやる人間が、常識の支配する世界で受け入れられるわけもないが。

　私の話は例によって大回りの迂回過剰だが、その昭和の間に、「もう一つ別の道を行こうとした不良」や、常識に穴を開けようとした私なんかとは違う、もう一種類の若い人間達がいた。それが、平成になってネット社会を担うことになる、早くからパソコンと付き合っていた人間達である。

　机の上に置かれたパソコンと長時間向かい合っていられる彼等は、変な反抗心も持たずおとなしくして勉強も出来る。だから彼等は格別な不満も持たず、待っていたのか待っていないのかそこら辺は不明だが、パソコンが未来を開いて行く時代が来るのを（多分）待っていた。そして、平成になってその時はやって来た。

　平成になってネット社会が動き始めると、彼等は成功者、あるいは拡大して行くネット社会を担って行く有資格者になった。それだけなら「めでたし、めでたし」だが、彼等にだって「傷」のようなものはある。それはなにかというと、昭和の間、パソコンと向かい合っていた彼等は「変わり者」でもあった。人と付き合わずパソコンとだけ付き合っている彼等には「コンピュータおたく」という名称もあった。そのことによって自分のあり方に疑問を持っていた彼等が、一転して「成功者」になってしまえばどうなるか？　外部を見る目もまた一転してしまう。

一転して場が開かれてネット社会になってしまえば、パソコンと付き合って目立たない存在だった彼等を「変わり者」と呼んでいた昭和人間は、「コンピュータのことを知らずにいる、時代遅れのバカ」なのである。平成のネット社会になってＩＴ長者が生まれ、そこになんとなく「既存の社会」をバカにする軽侮の心があるように思えるのは、多分、私の偏見ではない。

二　「変革の心」ではなく

ＩＴ長者やＩＴ社長と言われる人達がなにに似ているかと言えば、明治維新の志士達に似ていると言えなくもない。武士社会の下層から這い上がって、まだ道筋もはっきりしない新しい社会で成功者となったところは似ている。戦後の日本で、若くして起業家となり大いなる成功を収めたという人達は、戦後の十年くらいまでにいただけで、その後はあまりいない。その人達が高齢で死んだり、バブルの時期に事業拡大に失敗して消えたりした後、低迷のままジャパニーズドリームを実現する人がいなかった中での若き成功者だから、注目を集めたりもしたが、しかし彼等が維新の志士達とは決定的に違うところが一つある。それは、維新の志士達が旧体制である徳川幕府を倒しているのに対して、ＩＴ社長達はそんな社会的な取組みなんかをしなかった。

　インターネットの上陸というのは、前にも言ったように「第二の黒船」に比するような事件だったはずだが、これに対して国論を二分するような争いはなかった。日本政府は、「これからの日本はグローバル化をどんどん進めて行かなければならないから、インターネットをどんどん活用すべきだ」とは言わなかったし、「従来の秩序を崩すインターネットなんか取り入れるべきじゃない」とも言わなかった。平成第一期の一九九〇年代、日本政府は「外国企業によるＭ＆Ａは経済の問題だが、〝便利なお知らせ機能〟であるインターネットは、経済とはあまり関係がない」と思っていたらしい。ＩＴというのは「お知らせ《インフォメーション》機能《テクノロジー》」の略だから、そうなるのも仕方がないのかもしれない。

　インターネットは初め、「パソコンを持っている若者のためのオモチャ」のようなものだったが、それが商売に利用されてＩＴ長者と言われる人達を生んだ。前にも言ったが、彼等は社会変革に興味がない。既成の社会の人間達がインターネットを使って、自分達の運営するサイトを利用してくれればいい。そうすれば彼等は金持ちになるし、彼等のあり方も変わる。彼等にとって社会が変わるということは、既成の社会の人間達がインターネットの利用を進めることで、それこそが「進化」という名の変革だ。既成の社会の人間達のありようが変わろうと変わるまいと、どうでもいい。ただ、インターネットの利用頻度が増えささえすれば。

文部科学省がパソコン教育を進めるようになって、キーボードやタッチパネルで文字を打ち出すようになり、自分の手で文字を書くということをしなくなって、漢字が書けなくなっても、そんなことはＩＴ社長達の関知することではない。

そして、そもそもインターネットが普及してネット社会へと向かって行った下地は、パソコンが作り出したものではない。「一家」という単位が崩れて、人の個別化が進んでしまったからだ。一九五〇年代の初めにスタートしたテレビ放送とその発売は、値段が高価だったこともあって、そう簡単には普及せず、「一家に一台」が精々だった。それが、一九六〇年代に入ってまだ白黒だったテレビの普及が進み、カラーテレビが新しく発売されると、「新しくカラーテレビを買って、古い白黒テレビも捨てずに取っておく」という「一家に二台」時代がやって来る。テレビはまだ「捨てるには高いもの」だった。

そして、ここからコペルニクス的展開が生まれる。「テレビは一家に一台」でも「一家に二台」でもない。「一部屋に一台、家族の人数分だけあってもいい」である。今では信じられないが、かつては「NHKと民放一局だけ」という地方が当たり前にあった。これでは「チャンネル争い」などということが起こらない。ところが一九六〇年代から、民放のテレビ局が増え始める。選択肢が広がって、チャンネル争いが起きる。もうテレビは一家がお茶の間に集って一つの番組を見るものではない。そして高度成長の波が来れば、家族の好みに合わせて、テレビは一家に二台、三台と増えて行き、かつてはお茶の間に集結していた家族が、それぞれの個室に籠ってテレビを見るようになる。

事はテレビばかりではない。テレビが家庭にやって来る前、一家は茶の間に集まってラジオを聞いていた。それが、テレビが登場してラジオは一家の中心部から追われ、個室で聞かれるようなものになり、「ラジオで音楽だけを聴きたい」という若い人間のために、コンパクトに設計されたオーディオ機器ラジカセが生まれるようになる。テレビと同じで、かつてはオーディオ機器も家具のようなでかさを持って、こちらは応接間に置かれるステレオが主流だった。それが小型化され個人向けに方向を変えて、やがてはウォークマンのようなイヤホンで聴く全く個的なものも出て来た。それが、ネット時代のｉＰｏｄへと続く。

　はっきりしているのは、消費者が個的になればなるほど、売るべき商品の個数は増える。つまり、その経済原則は、平気で家族を解体して行く。バブルの頃にはシングルマンションの建設も増えて、家そのものの解体も始まる。成人した子供の生活圏が親の住む実家から遠く離れているというわけではなく、「親と一緒に暮すのが煩わしい」と思う子供が、親と生活を別にしてしまうのだ。そのためには、旧来型の木造アパートを借りるよりも、シングルマンションに入った方がいいと思う。家族の個別化が当たり前になれば、子供は勝手なことを考える。

　しかしそんな中で、まだ電話だけが違う。電話は相変わらず「一家に一台」で、年頃になった子供が恋人のいる家に電話を掛けると、当人ではない親や家族が出て来て、その相手に取り次ぎを頼むという気まずい思いをしなければならない。若い恋人同士ならともかく、これが既婚者の不倫関係になったら、相手との連絡を取ることさえ容易ではない。そこに登場するのが、携帯電話だ。

その初めの携帯電話は、重くて四角い発信器と受話器を一つにして肩から下げるショルダー型で、確かに持ち運びは出来るが、ポケットやバッグの中には入らない。それが平成になって何年かすると、後の携帯電話に近い、小型の携帯電話が発売された。値段は高く十万円を超して、電池もすぐに「容量ゼロ」になってしまうほどの効率の悪さだが、当然のことながら、値下がり待ちの潜在的需要は多かった。

携帯電話は、家族との媒介なしで個人が直接外部とのコンタクトを可能にした道具の始まりで、個人が直接インターネットにつながってしまうネット社会の前段階をなすものだと、私は思う。

二十一世紀の平成第二期になると、ツイッターやフェイスブック、インスタグラムという個人が情報を発信するシステムも登場するが、私なんかはどこの誰だか分からない人間が「今ランチです」と言ったってそれがなんなんだと思ってしまうし、いろんな形の「有名人」が発信する些末な情報を追いかけてなにか得るものがあるのかと思ってしまう。もちろん、発信する側は受け手《フォロワー》が「情報過多」にならないように「軽い情報」ばかり流しているのだろうが。

平成の第三期になれば、地中海沿岸のアラブ諸国や韓国で「独裁者の追放」や「女性大統領への糾弾」がSNSを通して訴えられ、多くの人数を集めた。アラブ諸国では実際に大統領が追放され、「ジャスミン革命」とか「アラブの春」と言われる事態が連鎖反応的に起こり、百万人単位のデモ隊がソウルの市街地を埋めて当の大統領は逮捕された。ネット社会で、ツイッターを始めとするSNSは社会的な役割を発揮したりはしたけれど、日本ではそのようなことが起こらない。大災害の時、連絡手段としてSNSが電話以上の能力を発揮して活用されるくらいだ。それは別にSNSやネット社会のせいではなくて、政治に積極的な関心を示さなくなった日本人の国民性だが、では、ネット社会になって、日本人はどう変わったのか？

日本人はもっぱら、インターネットを娯楽の具として捉えていると思う。「ネット予約」というのは、旅行や公演、観劇のためで、「クリックすれば品物が届く」のネット通販は、その以前から買物好きだった日本人の買物行為をエンターテインメントの一種に変えてしまった。ネットで展開されるフリーマーケットは「不要品を捨てる」を娯楽に変えたし、「出会い系」と言われるものは「出会いの機会」を身近にしすぎて、恋愛であることを希薄にしてしまったように思う。

では、そうなった日本社会で、なにがどのように変わったのか？

三　人気投票で動く社会

　ネット社会では、情報が全世界に向けて同時に発信出来る。当たり前のようなことを言っているが、東京の情報が東京から遠く離れた山奥にも、東京の人間に届くのと同じ時間に届く。しかしその同時性ならテレビやラジオでも実現出来たが、インターネットは違う。ラジオやテレビは、一方的に発信される情報を受け手が受け入れるだけだが、双方向性のインターネットは、そこにある情報を受け手が自分から取りに行ける。「都会の中の情報は都会の中限定」ということにはならない。都会の小さなイベント情報を、山奥でキャッチすることが出来る。キャッチして、わざわざそこまで出掛けて行くことだって出来る。実際の移動距離は長いのだが、インターネットは、その距離がないように錯覚させてくれる。接触することが自由になり、それを見ることに不自由がなくなったら、あるはずの「隔ての距離」はないことになってしまう。それでどうなるのか？　距離で隔てられていた両者は、簡単にまざり合う。

　都会発のエンターテインメントは、都会限定のものだ。そのことによって、エンターテインメントの質は保たれる。こういうことを言えば怒られるかもしれないが、それに対して田舎は、「地域の祭」が最大のエンターテインメントで、都会発のエンターテインメントはここに存在しない。そのことによって、田舎は田舎の地域性――それこそが「文化」であるようなものを保っていた。しかしそこに都会のエンターテインメントが混入して来ると、独自の地域文化を保っていたものが崩壊してしまう。

都会に憧れる山奥の少女が一人で都会へ出て来ても、山奥の村は別に変わらない。都会に出て行った少女が一人で苦労をするだけだ――それが過去のパターンだった。しかし、都会の情報が各人の好きなだけ流れ込んで来たら、その地域社会を支える人達の考え方が「都会寄り」に変わってしまう。「都会の方がいい」と思う人間の数が一挙に増えて、その地の人口流出が進んでしまうかもしれない。「境」がないのだから仕方がない。店というものがあるところまで何キロもかかるような過疎の地でも、ネット通販で都会と同じようなファッションアイテムを手に入れることが出来るから、辺鄙な過疎の地でもそのままある時から「都会的なオシャレタウン」になってしまうかもしれない。それが「まざり合う」なのだ。

それとは逆に、田舎への移住希望者のために、各地の自治体はホームページを開いて移住を促進させる。それもまたネットの双方向性だが、そういう言ってみれば「小さい変化」よりも、あまり目立たない「大きな変化」も生まれる。それは、地方の人間が大量に都会の文化の中に入り込むことだ。

都市の文化は「都市」であることによって、その文化の質を保っていた。言ってみれば、地方の人間にとって、都会の文化は敷居が高かった。ところが、あまりにも当たり前に地方から多くの人間が入り込めば、その高い敷居が無意味になる。なぜそうなるのかと言えば、数の増えた新しい来訪者が経済効果をもたらす。金が入って儲かるのなら、「既存のあり方の維持」などという古いことは言っていられなくなる。

そして、インターネットは個人がいきなり外界と接触することを可能にする。つまり、子供がいきなりインターネットを通して外の現実と接触してしまうというようなことで、その典型が「出会い系サイトで知り合った男に騙されて、未成年の少女が自分の裸の写真を撮られる」とか、下手をすると「出会った男の部屋に監禁される」などということになる。インターネットは個的な情報伝達手段だから、「へんなことになったら危いから、気をつけなさい」とか、「やっちゃだめ!」というような親の声が届かない。家庭や家族が崩壊同然の現実の中では、子供が一人で（精神的に）勝手に育ち、たいした警戒心も持たずに、あるいは好奇心だけで、インターネットの中にある「別の現実」の方へ入って行ってしまう。しかもそれは、子供だけの問題ではない。大人だって、「自分の知らない現実」の中では、子供なのだ。

いい年をした大人が、ネットに掲載された情報だけで「なんかよさそう」と判断して、その場所へふらふらと出掛けてしまう。その結果、それまではなんの騒ぎもなかった場所に、大変な行列や混乱が生まれてしまう。「美しく神秘的なパワースポット」と言われて写真が一つ掲載されているだけの場所に、「行ってみよう！」で大量に押し掛けたら、それだけで自然破壊や環境破壊になる。「こんな山の中だなんて知らなかったわ」と言う脚力の弱い中高年女性やヒールの高い靴でやって来た女性なんかは遭難して人的被害を生んでしまうかもしれない。

インターネットには、インターネットの中にあるただ「点」でしかないような情報だけに頼って、「その周辺情報も重要だ」という事実が失念されてしまう危険性がある。そうして、「こっちがいいと思うんだから、それでいいじゃないか」という軽い独断が起こってしまう。

もちろんインターネットにだって積極的な美点はあって、自分の明確な意思でマッチングの相手を求める機能は、かつてないものだった。恋愛の交際相手、結婚相手、自分の不要になったものを譲渡出来る相手、更には経営が壁にぶつかった企業を引き受けてくれる

M&Aの相手まで。かつては経営不振の会社の株を買い占め、会社を建て直して売り払うという形のM&Aだったものが、売り手と買い手両者の納得出来る相互取引きへと変わった。かつてなら、マッチングの相手を探すということ自体困難で、その相手がどこにいるか分からない中、「マッチング相手募集」と書いた紙を持って暗闇で立っているしかなかったような状態が解消された。

一対一ならばいい。しかしネットでは、一時に大勢が殺到する。殺到する多数の内実は、「こっちがいいと思うんだから、それでいいじゃないか」という即断派だ。ここに「批評」やためらいはない。更に言えば「善し悪し」はなくて、「好きか、好きじゃないか」しかない。ツイッターの「いいね」表示が示すように、「嫌い」というネガティヴ表明はない。よく考えれば分かるが、ネットのアクセスランキングというものは「なにがどれだけの人に選ばれたか」を示すだけのもので、その順位に「なにがよいか」は表されない。なにが「よい」かと言えば、それは「多くの人に支持された＝よい」でしかない。だが、時々、「なんでこんなどうでもいいものが〝一位〟なんかになるんだ？」とも思うが、それは「善し悪し」を離れた、ただ「多くの人がアクセスした」でしかないからしようがない。

そもそも人気投票というものがそういうものだから、「アクセスランキングが、評価とは別の単なる〝数の集計〟」であっても不思議はないのだが、不思議なのは、いつの間にか世の中全体から批評というものが消えて、「人気があるんだからいいじゃないか」になってしまったことである。

なぜ「人気があるんだからいいじゃないか」なのか？　それは、「これがいい」とネットにアクセスしたその結果が、膨大なデータとなって残るからだ。それは、「人はなにをよしとするか」ではなくて、「人はなにを好むか」の嗜好調査にもなって、そのデータを分析すれば、「なにをすれば人は納得するか、なにが売れ筋か」というところに辿り着ける。つまり、ネットの裏側には「商売」が隠れているのだ。

そのことを踏まえて、「多くの人が好むもの」を提供して行けば、批判されることのない「好ましいもの」ばかりになる。逆に「金になりそうな消化のいいもの」だけが残って、「呑み込みにくくて苦い批評性のあるもの」の存在余地は少なくなって行く。つまり「経済的に成り立ちにくいから消えて行くしかない」になってしまう。

四　苦悩のない社会

　詳しいことは知らないが、インターネットには「ネット社会の闇」とか、「ネットの闇」と言われるものがあるらしい。しかし、私の知る限りでは、インターネットの中に「苦悩」というものは存在しないようだ。

　赤の他人がひしめき合って、相互にはなんの関係もないくせに妙に濃密《インティメイト》なネット空間で、ストレートに自分丸出しであるような「苦悩」を表明したら嫌われる。みんなが「苦悩を隠して」ではなく、苦悩とは無縁に明るく振る舞っているようなネット空間で「苦悩」を表明したら「重い」と嫌われる。「そんなことよそでやってくれよ」である。

　解決のしようのない問題、ちょっと考えただけでは解決法の見つからない問題を一方的に提出されてもどうしようもない。だから、「ああ、鬱陶しい」だけでスルーされてしまう。

　私は、ある出版社のサイトの中で身の上相談をやっていたことがある。とても神経を使った。活字メディアなら、相手にストレートに届くように書けばいい。受け手の方も、それを受け取る覚悟があるだろう。活字メディアはネットに比べれば閉鎖的で、そこに入るにはある種のルールを了解しなければならない。早い話が、書き手の自由は保障されている。ところが、ネットとなると少し違う。

まず、相手がどういう人か分からない。つまり、活字に馴れているかどうかで、今や「活字に親しむ」という人は少数派で、活字世界のルールを知らず、「自分に都合のいいことしか受け入れられない人」がいくらでもいる。そういう人を納得させるのは手間がかかる。「私の常識」と「あなたの常識」が一致して互いに共有出来ていればいいが、「私の常識＝世の常識」を相手が知らなかった場合、その「常識」を一から説明して行かなければならない。それをしないと、相手が苛立ったり怒る。直接それを見たわけではないが、今やそういうことをしなければならないだろうと私は思う。

それだけでも面倒だが、ネットの場合はそれだけでは終わらない。相談を寄せた人間以外の誰が、それを見ているかどうか分からない。問題の当事者なら「成程」と納得するかもしれないが、当事者ではない第三者なら「ひどい、愛情がない」という怒り方をする可能性がある。なぜかは知らない、ネットはそうだ。

ネットの中に「沈み込んだ自分」を訴える苦悩はない。その代わり「こちらの平穏を破られた！」という怒りはある。もしかしたら、ネットの中で「人を説得する」ということはむずかしいのかもしれない。

ネットの世界では、どうやら「短く簡単に完結する」ということが求められるらしい。その典型が、一件百数十字に限定して発信されるツイッターだろう。物事を簡便に言う。そのためには、言うことを圧縮する気の利いた表現が必要になる。それで、機知《ウイット》を利かせた短絡した表現を使って、「お前、違うだろう！」という炎上を惹き起こすことになる。物事は、そんなになんでも簡略化出来るわけではないのだが、なんでそんなことになってしまうかと言えば、それはネットの前提が、「こっちがいいと思うんだから、それでいいじゃないか」の天動説になっているからだ。

自分が「いい」と思っていれば、他人に対する説明はいらない。説明なしで誰にでも押しつければいい、音のない文字の怒号がネットの中で飛び交うわけだ。

飛び交って、そしてどうなるのだろう。他人の神経を逆撫でするような声は、影をひそめる。ネットの声は、他との調和を前提としたおとなしいものになる。ある意味それは、「いじめによる平和」なのかもしれない。もちろん、一切の妥協を排して極端なことを言い続ける「私は正しい！」派の人達もいるだろう。その人達はその人達で固まって、「孤立している」という自覚なしに存在する。なにしろ、ネットの中の発言は「説明する」ということを省略して、「私の言うことは正しいのだから、私の言うことを聞け！」に終始出来る。ある種の人々にとっては、それが「分かりやすくて理解しやすいこと」ではあるのだろうけれど。

安倍晋三《あべしんぞう》総理大臣の内閣を、一頃「お友達内閣」と言った。周囲を「お友達」で固めてしまうやり方は今でも健在だろうが、周囲を「お友達」で固めてしまえば、誰も総理のやり方に文句を言わない。文句を言いそうな人間は遠くへ飛ばして冷遇すればよい。内閣総理大臣にはそれだけの力がある。

内閣総理大臣ではなくとも、自分の周りを「お友達」で固めておけば安心出来る。「お友達」はこちらの意見に反対をしない。かつて友達というものは、こちらに意見もしてくれたし、反対意見も持っていて、なににでも同調するような相手ではなかった。どうしても人との接点が多くなる現実には、まだそういう「友達」は多いだろうが、所詮は個の集合体であるネットの中で、わざわざ他人相手に面倒なことを言っても仕方がない。ネガテイヴにならない当たり障りのない無難な褒め言葉――つまり「いいね」を発しておけばいいことになる。

そして、今や個人の習慣はパソコンと向き合う内に無意識的に形成されてしまう傾向にあるから、いずれ現実社会も、誰もが同質でみんなが「友達」であっても不思議のない、快適で遠慮がちで差し障りのないものになって行くだろう。

ネットに押されて現実が変わるというのは、既にあることだが、では、どうしてそうなるのだろう？　パソコンと向かい合うことによってある種の習慣が生まれてしまうことはあるにしろ、どうしてもっとザラつきのある小さな障害や大きな障害のある現実が、簡単に均一化されてしまうのだろうか？

五　改めて「時代そのもの」がなくなった

まず第一に、ネットの中に「中心」はない。インターネットの世界は、蚊柱のように無数の点が渦を巻いたり漂ったりしているだけだから、中心がない。人気投票だけで出来ている世界には「その時のトップ」はあっても、そんなものは恒常的に存在しない。つまり、ここには「えらい人」がいないということだ。現実社会の「えらい人」は制度的な存在だが、インターネットの世界にはそもそも制度的なものなどはない。だから、アメリカの大統領は一市民と同様にツイッターで自分の意見を発信して、それを見た一般人から「なに言ってんだ、バカじゃねェの」というような悪口を平気で浴びせられている。現実社会では、そう簡単に大統領と向かい合って、その発言の揚げ足取りは出来ない。しかし、短くて文句の付けやすいコメントが「公式」とは違う私的な窓口から発信されてしまえば、「あれ、まただよ、どうすんのかね、あの人は？」くらいの揶揄は生まれる。そのように、ネットの中には制度的、あるいは固定的な「えらい人」はいないのだ。だから、その反作用としてなのか、現実の世界には独裁者的な人物が増えている。

「アメリカファースト」で「自分ファースト」であるようなアメリカのトランプ大統領。人の意見をまったく聞かない、あるいは聞く必要のない体制の上にいる北朝鮮の金正恩や中国の習近平。ロシアのプーチン大統領は、国民を指導こそすれ、国民の言うことを聞く耳などまったく持たなかったソ連の伝統を踏まえて、確固たる独裁者になっている。

イスラム過激派のテロリズムに怯えたヨーロッパ各国では、一時期「移民排斥」を訴える右傾政党の擡頭《たいとう》があったが、「イスラム国」が壊滅して以来、どうやらそういう動きは収まったようだ。民主主義の伝統を持つヨーロッパでは、「自分の意見を政治に反映させる」という動きが当たり前なのかもしれないが、我が国日本はどうも違う。ここ二年以上、我が国の総理大臣にはスキャンダルめいたものがつきまとって、それに対して「丁寧な説明をします」と言うだけで――しかも何度も――その後に「説明」はない。つまり、「説明をします」とだけ言って後は知らんぷりで、「私のことをなんだかんだ言う人達もいるらしいが、私は知らんね」で押し通して、「一強」である不明朗な支配を押し通している。「アメリカの大統領とは親密だ」と言って、独裁的な色合いを強めている。

批判はありながら独裁的なあり方を強めて、しかしこれを国民は、あきらめているのかどうなのか知らないが、明らかに放置している。なぜ放置しているのかと言えば、「言っても届かないから無駄」という、絶望感であるよりも「届きそうにない距離の隔たり」を実感してのことだろうと私は思う。一時期、日本の総理大臣もツイッターやらなんやらのSNSを始めたと言われたが、どうなったのか、長続きをしているとも思えず、一向にその内容が話題にならない。アメリカの大統領と違って、日本の総理大臣は「一人の個」として発言をするのがいやか、あるいはその適性がないらしい。そういう国民から孤立した総理大臣とその「お友達」が周辺にいて、国民は興味があるのかないのか、それを遠巻きにしている。お堀に囲まれたお城の中にいてなにやらをしている総理大臣のそばに近付けないのが現実世界だと、達観しているらしい。

行政の長は周囲のあり方にこだわることなく平然と独裁者化して行き、それを制止する役割を持つはずの国民は、ネットの中で波風の立たない「友達関係」を崩さないような平穏なあり方を守っている。はっきり言ってしまえば、インターネットという広大な世界の中で孤立していることになる。現実というのはもっとゴツゴツして障害があって楽しいだけのところではないはずだが、インターネットの魔力はそれを忘れさせてしまう。それでいいんだろうか？

1でも言ったように、昭和が終わった時私は、「これは時代そのものの終わりだ」と直感した。昭和天皇が世を去った平成元年は「この先この好景気がなくなるとは思われないバブル経済」の時期だった。多くの人は、その先に不況が待ちかまえていて、「右肩上がりの経済成長の時代が終わる」とは思わなかった。だから、平成も「終わった昭和」がそのまま続くように思って、そうではない考え方――プランBを考えなかった。だから十年がたって、平成は「失われた十年」と言われる。それは、線路がなくなっていることに気がつかず、列車は走って前に進んでいるものと錯覚したのと同じだ。

「失われた十年」はやがて「二十年」になり、もっと続いたかもしれない。そこを走るべき線路がないにもかかわらず、どこまで行こうとしているのか？

「時代が終わった」ということは、自動的に人が生きている社会も動きをゆっくりと停止するということだ。

人は社会の中に生きていて、生きていると思っていて、しかしその社会は「時代」というレールをなくして、もう前には進まない。同じところをグルグル回っていて、そのことで「先へ進んでいる」という錯覚が生まれているだけなのかもしれない。
平成になって不況になり、「もう物を作って利益を上げられる時代じゃない」という考え方も広まり、「株やらＦＸで外国通貨の取引きをするのが利口だ」という考え方も生まれ、現実にそれで大きな利益を上げている人達もクローズアップされた。どうやら「動いている」らしい数字を注視して、金をそれに合わせて動かす。それだけが経済だったら哀しすぎる。だから、ここでもう一度、そもそも「社会」とはどういうものだったかを考えてみる必要がある。

《未完》

第二章

「昭和」が向こうへ飛んでいく

1

あの天皇崩御の二日間のテレビは、ドキュメントものをついつい見てしまったって感じなんだけど、見てるうちにね、昭和というのもけっこう面白そうだから、これは小説にするべきだな、天皇を小説に書くのも悪くないな、なんて思えてきてね。それだとやっぱり勉強しなきゃいけないかなあ。でも、テレビは同じことばっかりやっているから、ほとんど睡眠学習のように頭に入ってくるじゃないの、そうなると、あまりにも膨大なものが頭に入って来て、今やってる仕事がどっか行っちゃってまずいなあ、なんて。

でも、国民ってもう天皇陛下を必要としてないのね。天皇制を必要としているのは、マスコミとジャーナリズムだけなのね。あの後、ちょうど平成元年一月十一日っていう一並びの日にサイン会があったんだ。オジサンオバサン相手の。みんな「平成元年て入れて下さい！」だもんね。俺なんかが平成元年て書いてどうすんのさって思ったけど、昭和が終わった、天皇が死んだっていう、いわば「天皇制の大問題」にああいう形でやって来られると、自分はどう関わっていいかは分からない人達ばかりだからさ、居心地悪そうにしてなきゃいけなかったのが、元号が変わった途端に「そうだ新しい記念が手に入る！」になるんでしょ。つくづく、いけシャーシャーとしたエゴイストだなって思ったよ、黙って天皇制によっかかって来たフツーの国民は。だから、俺、天皇が亡くなったら、ビデオ屋が忙しくなるだろうって最初に思ったもん。そういう直感には、俺、たけてるのね。

それと、天皇陛下が最初に大量出血したとき、これで暮れの紅白歌合戦は危ないとか、レコード大賞はだれだろう、光ＧＥＮＪＩになるの？　とか、そんなことばっかり言ってた。今となってはさらに〝その後〟が問題だなって。だって、光ＧＥＮＪＩが取ったら、これでもうレコード大賞はあってもなくても同じでしょ。『春日局』はたぶん視聴率最低だろうから、大河ドラマはどうしたらいいか悩むだろう、なんてね。だって、昭和が終わったら、もう母親のドラマなんて無意味なんだから。「昭和」ってそのあとがない時代なんだもん。そのあと？　僕は、ああやっと自分の時代が来たなって思ったけど。

2

リクルートのことだったよね。

あれ、一体何が始まったのか、ずっとよく分からなかった。で、このとりとめのなさが、まさに「リクルート」の特徴なんじゃないかって思えてきた。これはなんか変だぞ、と思った最初は、ホラ、文部省〔当時〕の事務次官が「自分じゃなく女房がやった」というのがあったでしょ。「秘書がやった」とかね。あの頃から、何かがひっくり返ったのね。だって、普通に考えて、「秘書がやった」という政治家の弁明だけ聞いて、なぜ、その秘書のコメントをとらないのか——秘書に「株を買いませんか」と言ってくるのは、センセイである政治家の威光あってのことだという建前論でいけば、「あなたはその政治家の秘書をやってて、先生に迷惑をかけることになるとは思いませんでしたか？」というような質問をぶつけるべきだもの。それがないのが不思議だった。そういう建前論から、ああいうものの構造のへんてこりんさというのは浮かび上がってくるものでしょ。ところが、そういう建前論はどこにも出てこないし、そういう〝疑惑を蒙るような人間を秘書にしていた自分〟という政治家自身の弁明もなぜか出てこない。昔の政治家だったら、秘書がやったじゃ通らなくて、そういう秘書を使っていた自分の責任というのがあったわけだし、そういう使用人ぐるみ、女房ぐるみで個人の輪郭というものが公人にはあったと思う。ところが、今度の場合は、名義が違いさえすればいいわけで、つまり「リクルート」問題というのは、名義の問題なのね。「だれの名義になっているか」というところから始まって、「あなたに買う意志さえあれば、あとは名義の書き換えだけで一切何もしなくていい、金が入りますよ」というまさに株の構造で、これは土地でもそうだけれど、名義が変わりさえすればことが成るから、結局今の世の中って、個人が何をするってことはなしで、名義という記号だけが動いている時代なんだな、と思ったの。

で、今にして思えば、昭和の後半というのは、まさに名義だけの時代、合理主義の組織の中に名義だけがあって個人はどこにも存在しない、そういう時代で、なるほど「昭和」という、一応出来上がってしまってそのあとがない〝今〟というのは、空洞なんだな、空洞の中で名義だけが動く時代なんだな、と思ったわけね。

その頃は――もう「リクルート」も「天皇」もごっちゃになって、話はめちゃくちゃに飛んじゃうけど、その頃、もし天皇が亡くなったら、ひょっとして老人問題も解決して、土地問題もなくなるかもしれないなんて思ったわけ。天皇が生きてるから、死ぬことを忘れてしまった老人たちが生きているのかもしれないいじゃない？　で、天皇が亡くなって、ふっと気づくと自分の足元が抜けてた、という形で死んじゃう老人がザザーッと出たら、そういう老人たちが持っている土地が、相続税という形で支えきれなくなって、ドーッと売りに出るかもしれない、そうなってくると名義だけで金儲けやってたところに、実質が復讐しにやって来るかもしれないなあ、とか。願望かもしれないけど。

リクルートというのは、よく考えてみると、実質が思い浮かばない会社だよね。僕、学生時代に、『就職ジャーナル』の表紙のイラスト描いてたことがあって、その頃、これは『高3コース』とか『螢雪時代』でやってることの就職版だというのを見ちゃったわけ。見る必要もないのに。毎月毎月「面接試験でどう答えるか」なんて読むなんて、そんなこと僕なんか常識としては考えられなかったんだけど、そういうことをマニュアルという形で推し進めていけば、いつのまにか就職人間が出来上がってしまうんだということが分かったし、そうやっていつのまにかリクルートは、ある種の人間たち——つまり大学生だけど、そいつらにとっては大きな通過儀礼みたいなものになってしまってたんだよね。

リクルートが金をやった人間というのは、一度もリクルート通過儀礼と関わりを持つ必要のない側の既成の人間で、リクルートについて何も言わない人間というのは、やっぱりいっぺんリクルートスーツを着ちゃった人間なんだよね。学生時代リクルートのお世話になって会社に入った人間は、今度のリクルート問題に関して何も言わないでしょ。

髪の毛をおそろいにして、スーツもそれ風にして、でもそれだけじゃダサいからってデザイナーズブランドまで導入して、仮構の一般性みたいなものを作って、それをフレームアップして現代にマッチさせる。政治家や経営者の側にしてみれば、「そういう外ヅラだけのつまらない社員ばかり来られちゃ困る」なんて思っているくせに、でもそういう社員を送りこむ発想をした人間のことは、「非常に秀れた人間」として高く買うわけね。「あ、そうか、あとがないって、そういうことか」って僕は思ったけど。

だから、江副浩正は〝昭和の産んだ傑物〟かもしれないけれど、その昭和の産んだ傑物の産み出すものはロボットなんだよね。そのロボットを操る人たちが、名義の書き換えだけで金儲けして、という風になるでしょ。本当なら、名義の書き換えは、実質があってはじめて意味を持つものなのに、ただ名義を書き換えさえすれば金が儲かる、安心だ、一般的だ、悪いことではない、というような論理になってきちゃった。考えてみれば、この二十年くらいのおかしなことって、みんなこの名義の書き換えの問題だったんだけどね。田中金脈もそう。田中角栄の場合は、それでも、そこに一つの頂点というものがあったけど、今度のは、頂点を作らないで、みんなが小市民で、だからこそサバサバと名義を書き換えたわけでしょ。

今度のリクルート問題で、なぜみんな文句を言うかと言うと、新聞のコラムみたいなところでさえ「なぜ私のところには来ないで、政治家だけがそういう特権にあずかれるのか」っていう、変な論調なんだよね。言ってみれば、嫉妬の構造。ああ、しょせん、それだけのことなのか、当たり前に何かをするという責任のようなものがなくなって、名義を使える人間だけが特権階級だという風になってるから、余分な金が動くんだ、そうか、世の中がどうもいやーな感じがすると思ったら、その実質のなさが名義だけで動いているからなんだ、言葉がから回りするとか、そういうこともみんな、この名義のせいなんだ、とか思ってね、これ、どうなるんだろう、どうやって終わるんだろうと思ってたら、そういう名義だけで存在していた「昭和」という時代がなくなった。昭和の名義も変わったもんね。

大喪礼の葬儀委員長を竹下登がやって、それが万一、リクルート疑獄でダメになっちゃったりしたら、「昭和」という時代は完全にドタバタで終わっちゃうわけだけどさ。

3

もうひとつ、リクルート問題が不気味だと思ったのは、あの人達、みんな〝友達〟なんだよね。江副浩正から始まって、NTTの会長とか日経の社長とか、みんなお友達。「お友達としての絆を確立したいから贈り物をさせて下さいな」って、そういうことなんだもん。「ああ、そうか、大学の同窓会の友情ってこういうものなのか」って思ったけど。江副浩正って、東大の教育学部出でしょう。東大の場合、法学部出て官僚になって経済界とくっつくというのはあるけど、教育学部出身の実業家ってあまりいないはずなんだよね。つまり、エスタブリッシュメント世界の人間ではあるけれど、エスタブリッシュメントの傍流。だけど、東大ということで広げていけば全部友達として入りうる。入りうるけどどこか友達じゃない〝よその部分〟が残って、それがお金という形で清算されるわけでしょう。日経の社長のときだったか「名誉ある先輩に関わることだから一言も言えない」みたいなことを江副浩正は言っていて、「へえー、いま頃学閥なんてあるんだ」と思ったけど、学閥というより、あれはやっぱり友達なんだよね。「友達だから僕達は悪いことしない、でも、友達である僕らが何も実質を作れないのは問題があるから、友達同士で何か実質ある世の中を作ろう」って、たぶん、グロテスクなまでに青春したがって、友情というのをあの人達は妄想してたんだと思う。

江副浩正がロボットとして売り込んだ新しい世代の人間達と、もう財界の上の方の人間達はコンタクトがとれなくなってたんだよね。理解出来ないし、つながれないし、「困ったもんだ……」というのもあるけれど、でも、江副浩正が鵜飼の鵜にヒモをつけたみたいな形で持ってきてくれたから、「これは、僕ら、何かやれるかもしれない」って、どこかで思ったんでしょ。

リクルートがらみの財界とか政治家って、大体、昭和後期の政治家でしょう。つまり昭和戦後育ちの政治家。そうなるともう、国民が天皇制をほとんど必要としていないというのと同じように、政治家だって都市住民は必要としてないいんだよね。支持政党なしがこんなに多いんだから。根っこが切られて宙ぶらりんになってる政治家とさ、サラリーマン社長みたいな人達が、下からたたきあげで来た、それこそ〝情報産業の雄〟であるようなオーナー社長と出会ってさ、初めて何か自分の生きる道を発見できたような気がするのね——そう思うんだ。だから、たぶんこれは、「友達同士」という軽い気持で始まったことで、でもそれじゃ世間は通らないからって、いろいろな方便使って、秘書だなんだとやり始めたから、結局、政治家の犯罪に似ちゃっただけなんだと思う。

もちろんそれを政治的に利用しようというつもりはあったと思うよ。思うけれど、それが表沙汰になるのは嫌だったろうし、昔、たとえば小佐野賢治なんかの時代だったら、はっきりと政治的意図があって、そのことを全部隠すように仕組んだと思うけれど、今度は意図がないもんだから、露わになることを防ぐという手立ても打ってないいんだよね。やっぱり政治の素人だったんだと思う。このことも、昭和末期の特徴みたいなもので、「世の中に実質がないから、これだけのことをやっておけば実質が生まれるかもしれない」という、曖昧をそのまんまにして友情だけでやってたからこそ、実質を持った実業が、名義だけの幻業に変わったんだと僕は思う。

昭和って、大きく三つに分けられると思うの。敗戦までの二十年と、高度成長までの二十年と、その後の二十年というふうに。しかもそれが全部途中で頭をチョン切られているから、大人になったはいいけれど、「その先はない」みたいな感じでしょう。昭和四十年代から後の六十年代は、その先を考えなきゃいけなかったんだけど、その先が分からなくて、しかも天皇がずーっといたもんだから、みんな、フケた若者になってしまった。江副浩正の友情を媒介に株が飛び交うのは、だから、世間のことも知ってるヒネた若者同士って感じがするね。

実業家って、ホント若いよ。世間の汚いことと格闘しちゃってるから、それと釣り合いとるみたいに、中身はみんな若いよ。一昔前の〝青年〟がホントに生きてて、インテリなんかよりズーッと若いよ。みんな知らないかもしれないけど、あそこには本気で〝友情〟があるんだから。中身の質は知らないけど。戦後すぐの東大生の光クラブなんて、博打うちかヤクザみたいな感じがあったけど、あれは実業が筋目正しかったからね。でも今度のリクルートは全然そうじゃない。江副浩正のあの腰の低さは、だれも身寄りも友達もいないから先輩に引き立ててもらうしかないって、クラブに入れてもらいにきた一年生みたいだもの。先輩の方は、現実にはもうなんの行使力もなくなっているところに、いろんなとにくわしい後輩がやってきてさ――という感じだったと思う。しかもそいつが、「社会的にもちゃんと能力をもって動き回れています」という証拠にお金を持ってきたんだから、「こいつは本当だ」って思ったんじゃないのかな。

だって、「情報」と言われるようなソフトを扱う能力が、それまではハードが専門だった実業家の中には何もなくてさ、世の中そのものがそっくり空洞化してたんだもの。しょうがないから、情報産業とかなんとか、言葉の操作だけで、ソフトだソフトだと言いながら、実はソフトを扱うハードだけを売ってる。それこそメディアという〝手段〟だけが大量に出現してきたんだもの。この場合、中身があったら商売に変えるのはとんでもなく難しいけれど、中身がないから商売で通るんだよね。たとえば、「思想の時代」というのも、先は分からないからとりあえず〝メディアの時代〟だという、そういう割り切り方でしょう。ソフトでありながら、ソフトを売ることができなくて、ソフトのメディアを売る。メディアというのは純然たるハードウエアですからねえ。メディアを通して流れて来る、その中身をこそソフトウエアっていうのにね、そういう違いが分かんないんだから。でも、そういう方法でやっているところほど、商売としては伸びているんだよね。さすがに情報産業という、十九世紀の延長ですよ。その代表的な一つがリクルートだった。

4

話は突然飛ぶんだけど、正月、高校サッカーとかラグビーとかをテレビでやってるのを見て、僕、なんか変だと思ったの。それより少し前、日本のラグビーってとんでもなく弱いって話をウチの助手としてたということもあるんだけど、今のサッカーやってる高校生の動きが、僕が知ってるサッカーの動きとは違うような気がしたわけ。まず、体が柔らかい。例のソウルオリンピックの「清風コンビ」は、顔がジャニーズ事務所みたいで時代が変わったな、というのもあるんだけど、体は割合筋肉してたでしょ。ところが、高校生のサッカーは違う。妙に柔らかいの。この動きはどこかで見たことがあると思って考えたら、なんと光ＧＥＮＪＩだった。訓練しなくちゃ動けない動きというのが昔はあったんだけど、いまは訓練しなくても条件反射だけで動けちゃって、それが光ＧＥＮＪＩと同じなのね。

まさに、光GENJIの時代のサッカーなの。そりゃ訓練はしただろうさ、だけど、それはハードな訓練じゃなくて、ある程度とてもすばやく動けて、「まあお元気でらして」って黒柳徹子が目を細めるような、そういうようなものなわけさ。その方が女の子もキャアキャア言いやすい。だって、サッカーを、獣みたいにハアハア息切らして、からだから精気のようなものを発散させながらやってたら、ちょっと近寄りがたいというのがあるでしょう。男のスポーツとか「強さ」って、そういうもんですよ。ところが今やサッカーは、女の子からキャアキャア言われるようなものになってしまった。

「そうかあ、人間ってストレスとか締めつけがないと、あんなふうに自由に動けるものなんだ」って分かったんだけど、でも、これは絶対に強くなれないスポーツだと思う。動くこと自体がうれしくてキャアキャアやってるようなものだから、「今のうちだったらまだ試合になるけど、あと二、三年たったら、これは試合にならなくなっちゃう」って、そのとき思ったね。しなやかで陽気な少年を放っとけば、暗くよどんだものになるだけで、決して逞しい獣にはならないと思うからね。

アイドルというものが出てきて、歌謡界というものが総崩れになったように、これは、アマチュアスポーツから始まってスポーツというのが総崩れになるってことかもしれないなあ、って。大学という壁があり、リクルートという壁もあったけれど、そういうものもやっぱりだんだん軽くなってきて、「僕ら、自由だよね、そう言っちゃっていいんだよね」って、リクルートのＤＣブランドがそう言わせた途端、ちょうど「昭和」がそこまでだった。

そうなること自体は、もはや「いいとか悪い」の問題じゃないと思う。ただ「その先がない」ということが最大の問題なの。そこで「昭和」がぶつっと終わってしまったものだから、「ああ、その先をこれからやるんだなあ、やるのはいいけれど、彼らに教えるのはシンドイよなあ、だって、あいつらバカだから」というのはあるよね。だって、プレッシャーの全然ない人間って、「何かを知らなくちゃいけない」なんて思わないし、それを知らせるためにはいっぺん不幸にするしかないわけだけど、あれを不幸にするって、とんでもなく大変だと思うよ。

昭和というのは、ある意味で膨大なる家族主義だったわけでしょ。だから、国民が天皇制を必要としないというのは「一家」という小さな単位の天皇制を作っちゃっていたからだし、それあればこそ、そのいちいちが〝平成〟という記念を、図々しくも所有したがるわけでね。その中で、子供は、「お前達は心配しなくていい、すべての根本は私達がやるから」って、親に言われて育ったんだけど、そう言ってた人達もそろそろ定年で、その人達を支えていたイデオロギーであるところの「近代」とか「昭和」というものが根こそぎなくなっちゃったものだから、もうなにか足元が消えたみたいに力が抜けてきちゃうと思うんだ。「子供達はこの先、精神的な路頭に迷うんだろうなあ」って。でも、こうなると、個人個人が徹底的にたたきなおされたほうが日本のためにもいいだろうな、とも思うけど。

ともかく、リクルートに代表されるような情報産業という砂上の楼閣が、一つのビッグビジネスになりうる、これが八十年代だと言ってたのに、それって一朝一夕にして容易に崩れるようなことだった。だから結局は腰を低くする信用商売でしかなかったんだな——その信用を裏づけるような金本位制の〝金〟に当たるものがなくて、信用だけでやれてるという水増し、その余分な繁栄というのが、昭和の最後の二十年に残って、そしてそういう〝昭和〟が、これから十年くらいかけてゆっくり沈没していくんだろうなあ、という気はするね。情報は〝産業〟という十九世紀を引きずってたし、信用は結局のところ土地という固定資産によってしか計測されなかったし、だからこそ形骸化した十九世紀は、土地転がしという名義書き換えごっこを生んだしね。実業やってる大人が実業をオモチャにしちゃいけませんよ。

たぶん、時代が全部片づけてくれるだろうな、とは思う。だって、テレビに出て「昭和の話」をしていた人達は、結局、それが日本の歴史全体の中でどう位置づけられる昭和かって話じゃなくて、まるで親父の自叙伝聞かされてるみたいな話ばかりだったから。きっと話だけしたかったんだろうなあ、それで話をしたらもう死んじゃっていいんだろうなって感じだったし。昔だったら、時代の変わり目にきっと前世紀の遺物みたいな人達が生きていたのに、天皇があんなに長生きしちゃったものだから、そういううるさい小姑みたいなのが一人もいなかったでしょ。それと、昭和を二十年ずつ三つに分けて考えても、昭和二十年の段階で、天皇制廃止にしろなんにしろ、天皇が退位するとなったら混乱が起こったと思うし、昭和四十二、四十三年で考えても、これはやっぱり混乱が起きたと思うのね。七十年安保を前にして、というのもあったから。それに第一、あの時代は「人間が長生き出来るのが次なる平和の達成目標だ」って信じてたし。老人問題はまだ「貧しい家」の問題でしかなくて、「老人を養い、老人に庇護されるのが豊かさだ」って信じてた。ところがでも、天皇陛下はその後もずっと生きて、混乱を引きおこしそうなものが全部なくなるまでずっと生きてた。代替わりに関する混乱というものをなくすために生き続けていたとしか思えないくらい、あの人はずっと生きて、それで次の元号が「平成」というんだから、これはもう決まったという感じだよね。歴史の変換につきもののドタバタがまったくないまんま、みんなきれいに潮が引くように消えていくという感じ。

で、その最後を飾った疑獄事件が、リクルートという、名義だけで何も動かない、どこが問題なのかさっぱり分からないまま、「オレも欲しいよなあ」でしかないようなもの、つまり個人のいやらしさというようなところと一対一で対応しちゃったものがすーっと現れてすーっと消えていく、そこのところが、僕にはすごく面白かったのね。

ジャーナリズムが、リクルート疑獄でだれが巨悪かということを探したいのに、結局、巨悪がいない。中曽根がそうかもしれないと思われてるけれど、彼もワン・オブ・ゼムでしかないというふうに変わってきた。これは、名義という、すべてを均等化するような構造の中での出来事だから、ジャーナリズムも歯が立たなかったわけね。第一、ジャーナリズムも巻き込まれてる。ジャーナリズムも経済界も政治家も、みんないい大学出たお友達だもんネ、というのがあって、この近代が作った「東京大学」に代表されるようなものが、今、静かに終焉を迎えているわけね。

合理主義が最終的には人間をコード化し、それがマニュアルということになり、結局何もない人間ばかりを産んで、というところで「昭和」は終わった。その膨大なデクの坊達の世話をし、窓口となったリクルートが事件となり、これはまさに、昭和の終わりを飾るにふさわしい出来事だったなあ、まるで盛り上がらなかった紅白歌合戦のようでよかった、なんて、僕は思ってますけどね。

5

近代って、余分なものを嫌うでしょう。でも考えてみたら、余分なもののない時代って、人類の歴史の中でも珍しいんだよね。そういう意味じゃ、近代ってとっても異常な時代で、余分なものを位置づけようとする〝前近代〟を野卑だとかスマートじゃないとかいって排除しようとするのね。だから、学生運動のときに学生たちが要求したものが、当時の教授会の人達には本当に分からなかったんだと思う。大衆団交などという要求のしかた自体が真っ先に問題になって。そこに出てきた余分なものも含めて、本当はもういっぺん全部を再編成しなくちゃいけなかったんだけど、〝近代〟の目からは、あれ、きっと理解出来なかったんだよね。

で、そういうものが、その後は結局個人的な〝宗教〟に行っちゃうでしょ。あれって変なものだよね。七十年からあとのたくさんのセクト主義。たとえば「フェミニズム」だって一つのセクトと言っていいと思うけど、言ってることは分かるけど、ちっとも外に伝わってこないじゃない。それが、〝自分達〟というセクトの中だけでどんどん強くなっていく。「反原発」でもなんでも、ほとんどみんなそうでしょ。宗教っぽくなっちゃって、近代という大舞台の中にそれをつけ加える、位置づけるという形で入ってこない。いつも対決する形で終わってしまう。近代というのはベースなんだから、これに血となり肉となるような要素をつけ加えていこうというのをちゃんとやらなきゃいけないのに、「近代」って頭悪いからね、「余分なものはもういいはずだ、面倒臭いものは全部女房に任せてある」と言って、もの分かりのいい課長の家の夫婦喧嘩、親子喧嘩みたいなことになるんだよね。そういう夫婦に子供が産まれると光GENJIになるんだなあっていうさ。

膨大な似たような家の一つに家庭内離婚とか親子の断絶とかが生まれて、それが外には決して伝わらないまんま、ただその家庭を消滅させて終わるのね。膨大な数の家の中の一軒が抜け殻になってたって、別にだれも気がつかなくて、それがアチコチでひっそりと起こるのね。

当面は家という外壁で覆われてるから、「こっちには関係ないや」でみんなすませてるんだろうけどさ。昔だったら、「売り家と唐様で書く三代目」といって、道楽息子の三代目が書道ばっかりうまくなって「売り家」の札を唐様という優雅な手跡で書くという風になるんだけど、昭和の三代目は光ＧＥＮＪＩだから唐様なんて知らない、「売り家」と書いた札の前でアッケラカンと笑ってるんだろうなとは思うよ。

実質問題として近代が終わってきて、これは具体的には家族制度やなんかが解体していくというようなことだから、「売り家」というのは比喩じゃなくなってね、「家」という概念そのものが売られて、消滅しちゃうんだと思うんだ。その消滅していく中にやっぱりニコニコ笑っている子がいるという、何か実に不思議なものではあるんだけど。「あとで泣いても知らねーよ」と、僕は思うけどね。

この間、テレビで、「平成」という元号をどう思いますかって聞かれた街のオバサンが、「なんだか戦争のあとの焼け跡みたいね」って言ってたけど、あれ聞いて、ああ、やっぱり直観って正しいなあと思った。僕も今、まさに焼け跡だと思うもん。焼け跡でニコニコ笑ってられりゃいいんじゃないのってのはあるけどさ。

だけど、「天皇崩御」とかいってジャーナリズムはまなじり決してるわりには、崩御のあとがどうなるかなんてだれも何も考えてないんだよね。何も考えないいまま、ただただ

「Xデー」って騒いでた。騒いで、緊張してた。だけど、Xデーに何かが起こるなんて、子供のデマみたいなもんだよね。今どき何怖がってるの、っていうようなものでしょう。

あの日、週刊誌の記者から電話がかかってきて、「崩御で原稿書き直してる」なんて言ってたけど、週刊誌の記事だって、九割ぐらいはとっくに出来上がっていて、それに少し書き加えたり書き直したりして臨時増刊という形でみんな「天皇崩御」特集号を出しちゃうわけで、通常号の週刊誌の誌面はほとんど変わらないのね。じゃ、あんなに「Xデー」「Xデー」と騒いでいたのは、結局、臨時増刊号を一冊出す準備してただけじゃないかってとこもあるんだけどさ。ジャーナリズムの中枢にいる人達って、それ以外の方法知らないから、ともかく緊張感の中においとけばって感じで、みんなまきこんで、毎日当直勤務してたんだろうけどね。その緊張の名残が今度の大喪礼の日まで続くんだろうけど、ホントはもうないんだよね。

そういえば、今年は、お正月が二回あったみたいでしょ。「今年の正月はなんか寂しいなあ」というのがあったんだけど、松がとれる寸前に、半旗の日の丸がバァーッと出て、僕なんて「ああ、ハデッ!」とか思っちゃったもんね。

元号廃止論者がなぜつまらないかっていえば、「昭和」という元号がなくなっただけで、こんなに変われるのに、西暦だけでやっていたら、二十一世紀が来るまで、そういうの待たなきゃいけなかったじゃん、というのが一つあるんだよね。第一、天皇制論者もアンチ天皇制論者も、昭和の天皇が亡くなってしまえば、もはやそういうことがほとんど意味を持たなくなってしまうということを知っているわけでしょう。いや、もしかしたら知らなかったのかもしれないけど、それは、天皇制の問題じゃなくて、あ
の昭和の天皇の問題でしかなかったんだよ。それに、ひょっとして、天皇制を一番やりたくないのはだれかといったら、今の天皇陛下であったりするかもしれない。つまり、そういう諸々の問題、天皇制とかアンチ天皇制というような問題を、全部、あの亡くなった天皇が持っていっちゃったから、実はもう何も残っていないのね。

今、天皇制なんて、面倒臭いものに傾こうとするのは、それこそ一番面倒臭いことだもん。だって、今だれも天皇制のノウハウを知らないよ。天皇がどう大切かということを他人に納得させるような論理を、もうみんな忘れちゃってるし、再現できる人なんてほとんどいない。「天皇は現人神である」ということを分からせようとすれば、そもそもというところから日本史の勉強しなおさなきゃいけないしね。僕は、『枕草子』の現代語訳をやったおかげで、あるときから突然「天皇制」にくわしくなっちゃって、その敬語の使い方

が間違ってる、そこは「あらせられた」じゃなきゃいけない、なんてこと平気で言えるんだけどさ。この現代で敬語の使い方の間違いを指摘できる人間て何人いる？

ともかく、今は、天皇制を廃止するよりも、天皇制の問題をややこしくすることのほうが難しいんだよね。今の国民って、みんな簡単な方に転がっちゃうでしょ。というか、「関心ない」っていう最大の武器があるしね。で、天皇制の問題が意味を持つのは、家族制度の比喩としてなわけだけど、今の天皇はニューファミリーでしょ。成人した皇太子と同居する天皇っていうのは前例がないもんだと思うもの。みごとに今の日本の家庭状況を象徴しちゃったなと思うよ。

昭和の天皇の最後の頃なんて、天皇制にまつわる神秘というよりも〝おじいさんのような親しみ〟という形でアピールしていたんだから。あれで、天皇制につきものの神秘というのが、きれいさっぱりなくなってしまったでしょ。と同時に、家そのものも変質しちゃったけど。マスコミ、ジャーナリズムだけが、もう役立たずになっちゃった、かつての〝家〟から生まれた近代論理というやつで動いてたんだなあって思うけどね。

6

マスコミって、結局、緊張感とつまらないヘラヘラ笑いでしか生きてないんだもん。それも、あの場合の緊張というのは「下手に扱いを間違えたら」っていう、そういう緊張だから、つまりは礼儀作法の問題なの。そのくせ、あまり過剰に敬語使うといけないっていうんで、敬語がもうグチャグチャになっちゃって、当人は一生懸命使ってるつもりなのに、それは単なる丁寧語だーい、そこで丁寧語使っちゃうとかえって無礼になるんだぞ、とかさ。

で、ずーっと見てくると、昭和の終わりとともにいろんなものがいつの間にかみんな消えちゃって、マスコミだけがひとつ権力者として孤立しちゃってるような気がするの。結局、マスコミが第二の天皇制なんだって、ホント、僕は思った。で、世間の人達には、マスコミしかないからね。あの日も外に出ると、みんな元気ないし暗いし街は沈んでるし、おまけに雨は降ってるし、元気なのはレンタルビデオ屋ばっかり。

やっぱり普通の人達って、重要な状況とか真面目な状況の中で、どうすればキチンと人並みでそれっぽく振る舞えるかが分からなくて、マスコミにずーっと頼っていたというのがあるじゃない？　だから、今度のも、マスコミが率先して、二流のハウツーを演じてた二日間、というようなものなんだと思う。みんな黒のスーツ着て黒のネクタイしめてたけど、だれ一人として喪服がきちんと似合わない。それに、きちんとした弔辞を書ける大作家が一人もいなかったでしょ。天皇が死んだんだから、日本を代表するような大作家が、弔辞のような文章を書いたっていいはずなんだよね。「我々にとって天皇とはどういうものだったのでしょう、それを教えてくれるのはあなたでした」というような一大名文を書ける絶好の機会だったと思うのに、だれ一人としてそれが書けなかった。谷崎潤一郎や吉川英治が生きてたら、という感じもあるけどね。

でも、ともかく、天皇機関説というのが出たとき、「美濃部は不忠ではないと思う」って天皇はちゃんと言ったんだから、あの人だっていわば一人の犠牲者という側面があるわけでしょ。アジアではどう思うか分からないけれど、少なくとも日本ではそうなんだから、ちゃんと弔辞を書く人がいていいし、それと同時に、天皇制や昭和にまつわる批判というのもきっちり書かれていい。その両方が本当はキチンとなきゃいけなかったんだよね。

でも、ともかく、天皇制ウンヌンの議論も引っくるめて、すべてが「昭和」とともに行ってしまったと思う。そういうイミじゃリクルート疑獄があり、光ＧＥＮＪＩがレコード大賞をとり、「春日局」が低視聴率で、という風に、ものごとすべて辻褄が合って、こんなに合っていいんだろうかというのもあるけれど、今こうやって合わせておかないと、あとの人が納得してくれない、変なものが残ったりしそうだからさ、多少強引でも全部合わせておいたほうがいいんだよね。だって、その辻褄の合わせ方が分からなかったから、昭和が二十年余分にあったんだし、その間にもう関係なくしたいなあと思ってたようなことを、わざわざ向かい合って踏みつけにしなくても、「だってもう昭和じゃないもん」の一言で、全部片づけられるじゃない。

天皇崩御の一年前に、実はすごいもんが死んでんだよね。『平凡』が廃刊になったでしょ。あのとき、僕は「スターの概念が死んだ」って言ったんだけどさ、実は、天皇が国民に近づいて来た昭和の三十年代って、日本の国民はスターを天皇のように位置づけてたんだなって今度思ったの。長嶋とか吉永小百合とかの特別って、なんかそうなの。それが終わって、そして最後、天皇は最後のスターとして復活して来たんだよね。「あー、懲りない国民」とか思うけど、そうやって他人を利用すんのね。丁寧さが、根本のところではとんでもない無礼につながって来るのにさ。もうなんか、そういう愚かしい混沌ぐるみ終わってさ、「もう昭和じゃない」って、深呼吸してふっと考えると、「そりゃそうだ」って答が返ってくるの。僕なんか〝余分なもの〟だらけの、それを曖昧にしないで公然とまといつかせてたみにくい昭和の子だったからさ、「あー、みにくい昭和の子が白鳥になる」と思うと、すっごく嬉しい。

第三章

原っぱの論理

①メンドクサイことなんか知らない

んでねェ、やっぱしねェ、何をやりたかったのかっつうと、俺、自分の子供の時の話っていうのが一番したかったのね。なんかもう、それでいいじゃない、と思ってんのね。俺、変わるということを一貫してしてないような気がするのね。自分が可哀想になるシチュエーションに来るとさっさと変わっちゃって、それで自分を一貫させたっていうところもあって、今だと「一貫してる」っていう言い方するけどね、でも別の言い方をすれば、「相変わらず変わんねえの」ってことで、子供にとって「相変わらずかわんねえの」は、「お前はバカだ」って言われ続けてるのに等しいわけで、あんまりいい意味じゃないと思うのね。

でね、子供の時の話するのって、やっぱり「あの頃が懐かしい、帰りたい」になったらいやだなっていう風に思ってて、そういう風に思ったのは、もう小学校入ったくらいの時に思ってるから――その、なんつうの？――決めつけ方がすごく大人っていうか、年寄りなのね、子供の時から。でも子供の時の話しちゃうとね、「ぜーんぶそんなに覚えてるの？」っていうぐらいなもんだから、「ああ〝結局、あそこに帰りたい〟〝そこから一歩も出たくないんだろう〟って言われるな」っていうのあるから、とりあえずそれは抜きにして、大人がやりそうなことを面倒な話してたの。それ終わったから、後はもう好きにさせてよね、って。ホントの目的はこっちなんですよね。だから、一部や二部（編集注・『ぼくたちの近代史』第一部と第二部のこと）でいくら面倒臭い話したって、それは「大人が問題にしてる話」で、「僕達にとってはあんまり関係ないんだもん」って、なんかそういう蹴飛ばし方したかったのね。

大体俺なんか、作家としては小説現代新人賞の佳作なんだからさ、別に、こんな体張ってエラソウな仕事する理由もないんだし、そんだけですよ。エラソウな話聞きたかったら、エラソウな作家に聞けばいいじゃんて思うよ。

僕はね、オバアチャン子だったのね。で、今年の正月に祖母がボケてしまいまして――で、ボケたのは知らなかったんだけど、その前に既に怪我しててね、起きられなくなっちゃったのね。腰の骨か何か折って。で、しばらくして、やっぱりボケちゃったみたいな話聞いて、ほんで、その、そうなった途端に、何故か知らない突然「あ、そうか、もう子供の時の話しちゃってもいいんだ」っていう風に思ったのね。話しちゃうってことはね、僕の場合多分、忘れることなのね。忘れて、自分とは関係なくしちゃうと楽になるっていうのがあってね。『恋愛論』（講談社文庫→ソフトバンク文庫→文庫ぎんが堂）でね、高校生くらいの時の話、パーッとしちゃったからね。あそこんとこ、みんな忘れちゃったくらいに忘れちゃってね。「あー、楽になった」「あー、関係ないや」って。で、「あ、もう子供時代っていうのは、これはとっとかなくてもいい、あの人ボケちゃったんだからとっとかなくてもいい、忘れちゃえ」って。なんか、不思議な暗号みたいなのがあってね、「もう、しちゃおう」っていう風に思ってたのね。

②女ばっかりやたらいた

男の人が「女のことよく分かんない」って言うのが、よく分かんないのね。ウチ、わりと女が多いんですよね。母親が三人姉妹の長女で、父親が入婿って形で入ってきて、そんで僕は妹が二人いたからね。それだけで、もう既に女が六人いるの。六人いるんだけど、僕の場合はね、六人で満足してない人なのね。さっきも言ったんだけど、ウチの祖母は十人兄弟の長女でね、弟妹がみんな東京に出てきてたから、親戚一同で宴会ばっかりやってたんだけど、その内の大叔母っていうのが、二人、芸者でね――元芸者でね、結婚して、一人はわりと遊び人の金持ちの旦那と納まって、おとなしい奥さんになってるのね。もう一人は板前さんか何かと一緒になって、チャキチャキバリバリの料理屋の女将さんみたいな風になって、っていう風になってるから、子供の目から見ると、「あ、すごく上品な人とすごく陽気な人」っていう人にしか見えてなくて、芸者だなんていうのは分かんないのね。

んで、そういう変な要素も入ってきて、バンバンバンバンバン、広げてっちゃうっていうのはね、近所のオバサンって、片っ端から俺の友達なんだよね。実家に三十年くらい住んでてね、「もう面倒くさいから、ここから動きたい」と思ったのは、なんなのかっていうと、うちから駅まで、たかだか十分くらい歩かなくちゃいけないところ、歩いてる間に俺、何人のおばさんに「こんにちわ」って頭下げるんだろうっつうのって、下手すりゃ、「あら治ちゃん、また背が伸びたじゃない」って言われるんだよね。それが三十なんだけど。二十で言われるんだったらまだいいっていうの。去年、友達のうちに行ったら、友達のお母さんが、「あら橋本君、また背が伸びたんじゃない」って。「お母さん、四十だよォ！」って言ってたけど。なんなんだろうね、一体。

だから俺もおかしいのかもしれないけど、オバサンだってかなりのもんだと思うんだ。でね、オバサンと仲良くなっちゃうっつうのはね、なんか知らないけどね、オバサンってね、〝許してくれるもの〟なのね。許すことにおいて積極的で、迎え入れちゃうのね。今みたいに、団地とかマンションとかっていう風に、ドア一つ閉めれば他人ていうんじゃなくて、小さな庭があって、その垣根の下に穴があいてて、子供はそこの垣根の穴くぐって隣の家に入っていけちゃうっていう、そういうような時代で。ウチは商売やってたから、ある意味で人間関係を表に開いていかなくちゃいけないような場所でもあったんですよ。で、隣の家っていうか、前の家のオバサンに「こんにちわ♡」って会ってるとさ、やっぱし、なんかうれしくなるっていうか、恥ずかしくなるっていうか、なんだか分からないけど、「こんにちわァ♡」って、勝手に持続しちゃって、笑っちゃうんだよね。だから、なんか生きてる縫いぐるみみたいなところもあったっつうのがあってね。いつぐらいまで続いたかっつうと、どうも高校二年生くらいまで続いてたんだって……。この間、高校一年の時の同級生だったたっていう女の人から手紙もらってね、なんか、うしろに坐ってた俺見て「なんでこの人はこんなにうれしいということを丸出しにして生きてんだろうか、と思って、それが何か不思議だった」とか言ってたから、きっと基本的にはなんにも変わってなかったんだろうなァって。

「隣のおばさんっていうのはどうかな、自分を受け入れてくれるかな」とかっていう風に思うのね。隣のおばさんって、何かすごく素敵そうでやさしそうで、っていう風に思ってさ、こんなになって庭の中覗いてるんだよね。「どうしたのー、治ちゃん、いらっしゃーい」って、「えーっ」とかっつってさ、そうやってね、片っ端からおばさん家《ち》制覇していくのね。「そこのうちの人は知らないし、なんかあそこはこわい人だから近寄っちゃいけないとかっていうけど、そうかなァ」とかって。でも、「どうしたのォ、いらっしゃーい」とかって言われてね、やっぱし、トコトコトコと入ってっちゃってね。なんかそれでこわいものなしになったたっていうところもあるのね。

　だから、まわり近所のおばさん、知ってるといえばほとんど知ってた。そういう形で入り込んじゃうのね。んで、ワリと入り込んだ家っていうのが一杯ある中で、入り込んでない家っていうのもあるわけですよ。「ここの家は入り込んでないからどうやって入り込めばいいだろう」って、またこうやって、覗いてるんだよね。大人でそれをやると、「不審者！」っていうのあるけど、子供だからね。んでね、まず最初に何に気がつくかっていうとね、多分ね、それは四つか五つの頃だと思うんだけど——四つか五つの子供の頃にこういう問題に気がついてしまうから、俺はつまんない、作家になるしかないんだなァっつうのあるんだけどね——「女の人同士がなんで仲良くないんだろう？」と思っちゃうの。

つまり自分を介しては同じようにいい人なのね。でも、Aさんのおばさんと Bさんのおばさんの間は仲がいいわけではないんだよね。自分にとってAさんのおばさんっていうのはすごくいい人で、それで自分にとってBさんのおばさんっていうのもすごくいい人なわけ。ほいで、お互いいい人なんだから「そのAさんのおばさんとBさんのおばさんもいい人同士で仲良くなればいいのに」と思うんだけど、仲良くないんだよねェ。なんか違うの。男同士だと個人的になんか言うっていうんじゃないんだけど、女同士の場合だと、感情がプッと出ちゃうから、「なんでこう、仲良くならないんだろう」って思っちゃうのね。

Aさんのおばさんと Bさんのおばさんどころじゃないんだよね。自分の母親と自分の祖母がなんで時に意見がくい違うんだろう、とか思って、みんな均等に可愛がってくれる人間の中にいて、ギャップがあるとね、困るのね。こっちは、なんかその、幸福の中で波風が立たないように暮らしてていうのに、突然人間関係が波立つんだよね。それは「あ」っていう風に分かるのね。緊張させられるって形で。

「何故なんだろう、みんないい人で、そのみんないい人の均等さが、なんかを基準にして均等であるのにも拘わらず、なんでこういうギャップが生まれるんだろう?」っていうのが多分、それが一番最初の疑問のような気がする。

ウチの母親と祖母っていうのは、実の母子なもんでね、んで、俺はやっぱしメチャクチャ可愛がられたんだけど、メチャクチャ可愛がられてどうなるのかっていうと、そうメチャクチャ可愛がられたわけでもなくって、母親は必ず「そんなことしてたらダメになる！」っていう形で怒るのね。だから、可愛がられるということは怒られることだからいけないことだっていう、身を引いてたっていうのもあるんだけど、でも、なんか違うものがあるような気がして。「実の母と娘の間には、なんか違うようなことがあるような気がするなァ」とか思ってて、なんかそこら辺からね、「女は母親と娘の関係っていうのがちょっと不思議なんだよね」っていうのが、ズーッとひっかかってるから、「俺、有吉佐和子なんて、なんで読んでしまうんだろう？」ってなると、そういうシチュエーションからスーッと入っちゃったから『香華』なんか読むとすっごくよく分かんのね。「あァ、こういうもんなんだー」「あァ、そうなんだー」っていう風に、なんか、分かってしまうのね。

③我が祖母、橋本千代のこと

俺がおばあちゃんに可愛がられたっていうのは、最初の孫なんだよね。最初の孫でさ、戦争が終わってちょっとくらいのところで、最初に男の子が生まれるのね。女ばっかりのところで。そんで、ウチのおばあちゃんて、結婚前は女中だったんです。貧乏な大工の娘で、妹二人が芸者に売られたから、それで学校出るとすぐ女中に行ったんだって。ただ、大叔母さん二人が芸者になったのは、曾祖母って、大工のカミさんが派手好きで、酒飲む金がほしくて売っちゃったんだとかって、ウチの母親は言ってたけど。でもまァ、当人は「働いて妹を助けるんだ」って、そう思ってたんだって。ウチのおばあちゃんて、女中だから苦労してってていうのあるし、苦労することは全然平気なのね。そんで、苦労してっていうのがあるから、世の中で生きていくことは苦労することであるっていう風に思ってるから、娘達にそのような前提で、教育なり躾なりをするんですよね。だから、ウチの母親は長女だから、一生懸命家業を手伝ってとか――菓子屋やってたんですよね、ジイチャンバアチャンは。リヤカー引いて三軒茶屋までお菓子運んでたとか、女学校終わるとすぐうちの手伝いをして、とかって、そういう話は、うちの母親から聞いてて。

その妹の二番目の叔母さんっていうのはねェ、当時、進駐軍つうのがありまして、そこのメイドやってたのね。何故、メイドやってたかっていうとね、女もやっぱり働かなくちゃいけない。それでメイドやるの。一人で食べていけるようになりたいって。そんで、進駐軍っていうのは当時の新しい知識の宝庫だから、女中やるとかなんとかっていう風じゃなくて、その新しい文化と触れ合うことによって何かを吸収していきたいっていう、そういう人なのね。ところが、女が一人で出てって帰ってくるのが夜の八時とか九時だなんて、もうとんでもないっていう風にして、その祖母っていう人は反対してっていうのあるから、なんかあったらしいわけ。色々と。だから、私の母親と叔母の三人が集まると、「ホントに分かりゃしないんだから」なんて、自分の母親の悪口ばっかり言ってるんだよね——それは大人になってからの話だけど、昔話みたいな形でね。だからね、俺の中でね、女が働くっていうことが全然当たり前なのね。周りに働いてない女の方がいなかったからね。普通の人っつうのが分かんないのね。素直にお嫁に行っちゃうっていう風になるとね、なんか、抽象概念がお嫁に行っちゃうみたいなのね。きれいな女の人って、どっか抽象概念で、女ってみんな働いてるもんだし。

　進駐軍のことなんか、なんで覚えてるんだろうかと思ってるとね、やっぱし、覚えるモチーフが子供なりにあるっていうのはね、あのォ、八時くらいになると、「もう寝なさい」とかって、僕は寝るんだよね。自分一人だけ祖父母の家に来てるのよ。実家は近いんだけど。そこで寝てるとね、真ん中の叔母さんっていうのが、ミツ叔母ちゃんつうんだけど、「ミツ叔母ちゃんがもう少ししたら帰ってくるから」って、待ってんのね。眠いんだけど、待ってるの。そうするとね、当時って、子供が寝るとなると子供の為に部屋暗くするって、電球に風呂敷を半分かぶせるのね。半分かぶせると、風呂敷の分だけ影になるでしょ。だから、子供はそこに寝てて、そんで、風呂敷で隠れてない部分では大人は針仕事して、そういうことをやってるんだよね。そういうことやってて、子供だから寝かされてて、やっぱし何を待ってるのかっていうとね、その叔母さんがね、進駐軍の家で出たね、ケーキの残りというのを持ってくるのね。だから残飯待ってるんだよね。ところが日本ってその当時、物資っていうのが少ないでしょ。だから進駐軍の「ギブ　ミー　チョコレート」とか「ギブ　ミー　チューインガム」っていうのはざらにあって、GIなんかはケーキをポケットに入れてるわけじゃないけど、叔母さん、進駐軍の家で女中やってるからさ、ケーキの残りっていうの、「ミツコさん、持っていきなさい」っていうそういう形で、ハンカチや何かに包んで持ってくるのね。

そんなのずっと忘れてたんだけど、久生十蘭《ひさおじゅうらん》の小説でね、『キャラコさん』ていうのがあって、それ見てたら、同じシチュエーションがあって、「あ、俺、なんでこんなにリアルに分かるんだろう？」と思ったら、「ああ、風呂敷包んだ下で寝てたなァ。そんで、〝帰ってきたァ〟って、ダダダダーッと起き上がって、ケーキ食べてたな」っていう、そういう情景思い出したのね。やっぱり、食べ物があるっていう記憶は強いなァ、とかね。

うちの母親と父親っていうのは、結婚して別所帯持って、実家とはちょっと離れたところに住んで、そっちもやっぱり商売してるから、行ったり来たりしてってていうのもあって、僕もやっぱり初孫だから、どっちかを行ったり来たりしてるんですよ。だから、実家が二つあるのね。で、実家が二つあって、その二つがそれぞれに商店街の中だから、〝異質の商店街〟って形で、初めっから違いははっきり認識してるのね。「じゃあ、どっち行きたいのか、どっち取りたいのか」っていうのと「どっち取りたいって言っちゃいけないんじゃないか」とかっていうのね。そういう中で育ってて、でもやっぱし、俺、自分のことあんまり言わない子ではあったのね。

この前、取材があって、叔母さんが「子供の時どうでしたか」って聞かれて、「ええ、私はこの人がむずかるところを見たことがありません」とかつってってさ、それが上の叔母さんで、下の叔母さんっていったらもっとひどい。「ホントに可愛かったんですよォ」って。いくら身内だからって、もうちょっと言い方ってあるもんで、「ホーントに可愛かった」――「ふーん」とかって当人は冷静になって聞いてるけれども、やっぱし、そういうなんか熱狂的になるっていうのは、何かに熱狂的になれるぐらいのゆとり――「熱狂的になれるゆとりと、熱狂的にならずにはいられない欲求不満と」っていうのがあったんだろうな、みたいな風に思うのね。

その、祖母っていう人がさ、俺を可愛がったっていうところはあるんだけど、実のところをいうと、可愛がってはいないんだ、そんなに。だって、可愛がるっていうのは、実に近代的なやり方でね。前近代の女は、可愛がれないで、尽くすんだよね。初めて生まれた孫のわがままに、「ハイ、ハイ、ハイ」って、言うこと聞いてるのがすごくうれしいんだよね。で、可愛がるっていう風に外側では見るけれども、実は、尽くすんだよ。尽くさなくちゃ、可愛がれないってところあるから、なんか、おばあちゃんが可哀想っていうのと、やっぱり、一番やさしいから好きっていうのがぴったりはまっちゃうんだけど、母親としてはどうもそれが面白くなくて、俺が甘やかされると、ブーブー文句言ってて、ほんで、うちの母親っていうのも、ちょっと変な人でね、「じゃあ、俺をそんなに厳しくして何にさせたかったんだ」っていうのはあんだけど。ずっと忘れてたんだけどね、俺を子供雑誌のモデルにしたかったたって。俺なんかもう、小学校六年くらいの時さ、完全パーになってて、「将来なりたい職業……？」、一瞬「映画スター」とか思って、「あ、こんなことを言ったら、袋叩きにあうなァ」とか思ってたんだけど。ねェ、そう思った親が、子供の時に俺を幼児雑誌のモデル。何考えてんだ、本当に？

　だから、「そういえば、かかとの痛い靴ばっかりはかされて……」とかっていうのもあって――んで、僕がまた変だっていうのはね、その母親に洋服作らしちゃったみたいなところもあるんだけど、小学校の前半くらいまではね、母親と下の叔母さんが二人がかりで、俺の洋服全部作ってたの。下の叔母さんっていうのは、洋裁学院行ってて、デザイナーやってててって、そういう人だったから。つまり、自分の愛情が形になって出てくるのがうれしいからっていうんで、バンバン作るわけ。可愛いの作るんだけど、こっちが似合ってるかどうかはまた別の問題で、ある意味で意味のない時代で、こっちは〝お人形さん〟やってるから、いくらでも着れるけど、ボンボン作ってもらってると、俺どっかでそういうこと、全部当たり前だと思ってるのね。他の子見るとみんな普通の服着てるから、「ああいう、普通の服もほしいな」と思うような、なんか、ちょっとヘンテコリンなところがあるんですよね。

　祖母がボケてしまったっていうこととそれとどう関係あんのかあァ、っていうとね。彼女ズーッと働いてたの。僕の両親と同居するようになって、同一敷地にね、別棟作ってたんですよね。別棟住んで商売してんのね。で、じいさん死んでも一人で商売してて、家の前が高校の通学路だから高校生が一杯通ってくんで、運動部の子がね、練習終わった後に、「おばあちゃん！」ってね、「カップラーメンのお湯ちょうだい」とか「牛乳ちょうだい」とかってやってるから、「あたしがお店開けてないと、あの子達が淋しがるから」って、なんかそういう社会的な義務感だけで生きてるのね。母親が「もうやめなさいよ、疲れてるんだから」って言うのに、「いや、でも、あたしがいなくちゃ」って、やってて、ほんで、言ってみれば〈仕事の鬼〉みたいなところがあって、それがなんでダメになったかっていうと、怪我しちゃって、立ち上がれなくなっちゃったのね。医者に診せても「もう老衰だから、治るとか治らないっていう問題じゃないんだよね」って言われてるんだけど、でも彼女は、年とったってことを認めないんだよね。で、「いつ治るんだろうね。明日医者に行ってみるんだ」つって、なんかそのくどさが既にボケの始まりだったかな、みたいのもあるんだけど、人間て社会に拒絶されるとボケっていうのが始まるのね。もっと前にボケが始まったっていうのはね、「この頃おばあちゃんがね、千円札と間違えて一万円札お釣りでバンバンあげちゃう」って言うの。これは困ったっていうのあるんだけど、原因があるのね。ちょうどその頃お札のデザインが新しく変わったから。今の一万円札って、どっちかっていうと昔の千円札に色合いは似てるでしょ。で、変わったたっていうの、一瞬は分かるんだろうけども、次の瞬間にはもう分かんなくなるんだよね。

だって習慣で生きてんだもん。一々分かりながら生きてるわけじゃなくて、ずうーっと習慣で生きてて、それが大過なくやれてるから、「私はまだやれる、まだやれる」って、積み上げてくのね。だからそのことを指摘されてさ、「おばあちゃん、これ、千円札じゃなくて一万円札だよ」ってこと言われてさ、で、娘に説教されて「ダメ！」って言われると、その祖母っていう人は何を始めるのかっていうと、「ああ、自分は帳簿つけることがもう出来なくなってる。ボケていくのが怖い」と思うのね。八十いくつなんですけど。そんで、帳簿のつけ方の練習始めたっていうんだよね。帳簿のつけ方の練習して必死になればまた現役に戻れるかもしれないと思ってるんだけど、そういう形で現役に戻ってもどうなるものでもないんだけれども。

たまに正月なんかに行って二人で話してるでしょ。そうすると、「淋しいねェ、もうみんな死んでっちゃうから」って、そういう話しかしなくて、ほんでその頃、俺も一人で住んでたから、「お兄ちゃんは淋しくないの」って――俺のこと「お兄ちゃん」っていう風に言うんだけど、「俺もう慣れちゃった」とかって言うと、「男の人はエライねェ」って言うんだよね。つまりそのことによって、「自分は平気なんだけど、やっぱしこういう状態はあんまり好きではないんだ」っていうことを自覚してはいるんだよね。してはいるんだけど、「それに耐えられない自分が分かる」っていう風にして、それをどうとかしてじゃなくて、「それに耐えられない自分がダメ」って。前近代はね、外側に自分を合わせようとするっていうのはあって、「帳簿のつけ方の練習してた」っていう風になってくると──もうそうなってくるとね、その人が足の骨折っちゃってもう立てなくなっちゃって、「明日は立てるかねェ」っていう風にやってると、「そうまでして立たなくたっていいじゃない」と思うのね。「そうまでしなくたっていいじゃない」っていうのと、「立てるようにして、それで死なせてあげたいな」っていうのと両方思うんだけど、でもやっぱり「一人でいるとつらいもんねェ」っていうのをどっかで彼女は知ってるわけだから、「そのジレンマの中で頑張らなきゃいけない」っていうのは必ず出てくるんだから、「もう、ボケちゃった方が楽かもしれないな」っていうことにボケた段階で初めて気がついたの、俺は。「彼女がボケてしまった」と思って、そうすると、「一番可愛がってくれたおばあちゃんだから悲しい」と思う筈なんだけど、俺、悲しいと思わないのね。楽になっちゃったの、なんか。「ボケちゃったんだ。そうなんだ。やっぱし過剰に彼女に何かを背負わせてはいけないんだ」っていう風に。背負わせて、で「ボケてしまったから悲しい」っていう風に言ってしまうと、なんか、彼女がしてきたことって、無駄になるような気がするんですね。結局あの頑張り方はなんだったんだろうつったら、「次に何かを残せなくっちゃいやだ」――そういう形で、「次に」って言って〝次に〟自分は尽くしてたんだから、そのこと踏まえた上で変わってかなくちゃいけない。本当だったらそっから先に出なくちゃいけないんだけど、でも、出れなくて死んじゃう場合の方が多いから、尽くしっぱなしで死んでしまったって人が多いんだけれども、時代が水増しされちゃったから、死にそびれちゃってるのね。

　だから、もう何年も「死にそびれちゃった」みたいな言い方をしているのは聞いてるんだよね。死ぬという自主的な決断が出来ないから、時期が来て死んでしまうっていう風に昔の老人は消えていったんだけど、今の場合だと自主的に「あ、もう死ぬ時期だ」っていうような形で体力を落としていかないと死ねないっていうところまで来てるのかもしれない。つまり、すべての物事が自主的であるっていう風に変わってきちゃったんだから、その尽くすっていう形で「他人によってなんとか」っていうのは、もうダメなのね。でもやっぱり、それだけのことをしてきたんだから他人にやさしくされたい、他人に世話してもらえる、他人に甘えられるっていうようなことが、どっかで起こらなかったら、やっぱり可哀想じゃない、っていうのがあって、そこら辺、当人の中で独特の辻褄の合わせ方しちゃうの。やっぱり前近代だなって。

ボケるっていうことは、そういうことを自分なりに獲得しちゃうことなのね。「あそうか、ボケないと〝甘える〟っていうことが出来なかったんだなァ」と思うのね。それだったら全面的に赤ん坊になってしまえばいいじゃないかと思うんだけど――まあ、ボケって色々あるんだろうけど、そのボケてしまった中で、「自分もボケっぱなしでいるのはやだ。何か出来るようにしなくちゃいけない」ってなって。

まあボケの話をすると必ず下《しも》の話が出てきてあれなんだけど、トイレ行って、そのォ、水洗なんだけど、水洗の水を流すっていう発想がないから、その落とし紙を持ってきてチリ箱の中に捨てちゃうっていうのね。だから、部屋の中クソの匂いで充満しちゃって困るっていうのあるんだけど、とにかく、彼女としては、昔みたいにズボンと落っこっちゃう溜め込み式のトイレと違ってるのだけは分かって、「この紙をどうとかしなくちゃいけない。これをしないと自分は社会的な義務が果たせないんじゃないか」と思っちゃってるから、彼女の社会的義務感の現われがそういうことになっちゃって、そうなってくると、

「もう完全に子供だよォ」っていう風にうちの母親なんか言うんだけど、でも、「しょうがない。やさしくしてあげれば」って言うと、「うん、まァ、子供だったらね、しつければ覚えて変わっていくっていうのもあるけど。これは変わんないからねェ」って言うんだけど、そうなってみて、「あ、うちのおばあちゃんが子供の時っていうのは、今の子供みたいにのっぺらぼうに子供じゃなかった」――つまり、義務感っていうものを背負いながら子供であった。だから、ボケることによって退化しちゃって幼児になってもそれでもまだ義務感っていうのをどっかで持ってる。だから、色んなボケ方があって――なんつうの、ほとんど無表情のまま寝たきりになって、ボケちゃってっていう風になった時っていうのは、その人の幼児期っていうのはすごくのっぺらぼうだったからだろうな、と思うのね。

でも、うちのおばあちゃんの場合は、義務っていうのが三つか四つかそこら辺くらいの時からガーンとあったんだろうなって。それがあるから、それはもう越えられなくって、多分、それが彼女が生きてきた前近代という一つの時代なんだろうなァ、と思うのね。そうなってくるともう、人間の本質とかなんとかっていうんじゃなくて、それは時代のシミ、時代の影響っていう風に考えた方がいいわけで、そのことをひきずってたら、かえって為にならない。そういうことは忘れちゃって、ボケ老人のまんまでいて、そういう風に大切にしてくれる娘っていうのがいるんだったらそれでいいじゃない。ともかく、娘に甘えるっていうところ、どっかでしなくちゃいけなかったのに、「私はちゃんとやらなくちゃいけないんだ、娘は拒まなくちゃいけない」ような形になっちゃったんだから、今娘に面倒みられるっていう形で――そういう形でやっと母親になった、みたいなところがあるんだから、そういう風な形で、当人は何も気がついてないだろうけれども、辻褄合わせてるんだろうなァって思ったのね。

で、そうなってくると、やっぱり多分「自分のおばあちゃんっていうのはそういう人なんだ」っていう風にずっと感じてたような気がするのね。だから、彼女の為には甘えたいんだけど、甘えるとまた本当に「甘やかされて！」って母親が怒るっていうのあるから、「おばあちゃんに甘えたいんだけど、甘えると迷惑がかかるから、甘えるのやめよう」っていう、そういう自主規制を働かせるっていう、ヘンテコリンな子だったんですよ。

だから子供っつうのはね、存外色んなことを考えるのね。色んなこと考えながら、色んなものに広げていくのね。ほんで、「あ、やっぱり自分が子供の時の話はしないでとっとこう」っていうのは、その子供時代っていうのが誰かの為にあった子供時代で自分のものじゃないんだって、どっかで思ってたのね。きっと、そういうものを必要とする周りの人達が一杯いたから、「うん、多分幸福な子供時代やってたんだろうな」っていうのはあるけど、自分のものじゃどっかでないような気がしてたから、そのままにして触れないで自分の中だけにしまってたんだけど、「あ、やっぱりこれはもう自分のものになってもいいんだ。だからおばあちゃん死んでもいいよ」みたいな、なんか冷淡といえば冷淡だけれども、なんかそういう風に思って。それ、冷淡とかっていうんじゃなくって、人間が受け継いでなんか変わっていくのってそういうことなんじゃないかなって、僕は思うのね。

可愛がられて大切にされてて、そのことが幸福であったかどうかってことになると、「さァ――」ってこともあるっていうのは、実はそんなこと全部忘れてたんだけど、「俺きっと過保護だったんだからなんかよくないことってあった筈なんだよねェ」って思ってて、「小児喘息《しょうにぜんそく》だった」って言われたから、「ああ、やっぱり、小児喘息だったのかァ」と思って。小児喘息っていうのは、過保護にされてしまった子供が「過保護はいやだ」っていうことを訴える一つの兆候なんだよね、っていう風にずっと思ってて、俺もそういう環境に育ってて小児喘息みたいなのがなかったのが変だなァと思ってたんだけど、やっぱりあったから、「うん、これは合ってた」みたいなのもあってね。自分のデータで色んなことを検証していく変な人なんだけど、言ってみれば、ずーっと前近代の揺《ゆ》り籃《かご》みたいン中にいるでしょ。まわりにおばさんいてさ、「こんにちわァ♡」でズーッと入ってけて、っていうのあって、完全にお人形さんとして自由獲得して生きてったっていう時代なのね。

④近所にも子供達がいた

そういう前近代が終わって、小学校という近代がやってくるわけで、やっぱし、前近代は近代とぶつかっちゃうんで、そうすると俺はやっぱし適応不能を起こしてってっていう話は前『恋愛論』でしたんだけど、小学校のね、一年から三年くらいまでは、とことんおとなしい子なんだ。口もきけないっていうようなね。ただ、おばさん相手だったら、「へへへへへー」とかって、わりと平気で生きてるとか、近所の家行ってお兄さん相手にして遊んでて、とかっつうのやってたんだけど、学校はもう全くダメなのね。なんにも分かんないんだよ。んで、なんにも分かんないんだけどね、何かねェ、全く無能なんだろうかとか思ってたんだけど、二年生くらいのお別れ会とかっつうのがあってね、俺、友達いないから、一人でなんかやるしかないから独唱っつうのをやってさ、一人で歌ったら、「あら、治ちゃんは歌がうまいのねェ」とかって言われて、「近所のおばさんがそういう風に言ってたよ」っていうから、ああ、まんざら取り柄もないわけではないいんだって、なんか自分も安心して親も安心したみたいなところあるんだけど、とにかく、私は学校では適応出来ない子なんですよね。

でね、普通、学校で適応出来ないっていうと、学校で適応していくように苦労する話で、体系は一つなんだけれども、ところが、昭和の三十年代っていうか二十年代の後半から三十年代っていうのはね、やっぱり前近代でしてね。山の手なんだよね、ウチ——杉並だから。杉並で山の手なんだけどね、別にウチ、お屋敷じゃなくて商店街なんですよね。商店街っていうのはカテゴリーとしては下町に属するようなところなのね。で、ウチ、商店街のはずれだから、隣行くともう〝山の手〟なの。だって、隣は大学の先生なんだもん。で、隣が大学の先生の家なんだけど——道路一本隔ててね——ところが反対側の隣は何かっていうと、町工場なんだよね。町工場がガチャンコガチャンコやってて、その間を「横丁」って言っててさ、ワリとそんなにサラリーマンとかっていうんじゃなくて、江戸の職人つうか下町の裏長屋みたいな——普通の家なんだけど、なんつうの、カルティベイトされてない野蛮な子供達の巣みたいなところあるのね。

俺なんか女に囲まれて育っちゃってるから、完全にカルティベイトされた子供なんだよね。で、カルティベイトされてるから、それ相応の子としかつき合えなくて、そういう剝き出しに子供してる野蛮な子とはつき合えないわけ。そうなってくると、俺は前近代の子供もダメだし、近代ともダメだしって、もう、どっちもダメになるのね。ところが普通、そういう選択肢ってないんだよね。どっちか一個だから、学校で適用されてしまうと前近代と仲良くやるっていう発想ってないんだけど、僕の場合っていうのは、学校で徐々になんとかなっていく段階で近所の子ともなんとかなってっていう形で、両方さらってくから、どうも小学校があんまり近代しないし、山の手の子にもならないのね。

どこら辺からいくかな――（しばし沈黙）。

ソロバン塾行ってたんですよね。四年生ぐらいの頃から。ソロバン塾行っててね、それは何故行ってるかっていうと、ウチ商売やってるから通わされて、んで、ソロバン塾っていうのはある意味で〝前近代の場〟だから前近代の競争原理が支配してるのね。パチパチパチパチってやって、「正解は?」とか言われると、生徒が一斉に「ハイッ!」って手上げるって、そういう競争原理が支配してる中だから、活発もへったくれもなくて、出来たらパッとすぐに手を上げるっていう条件反射を要求されるんで、そこで私の中の活発性が育つんだけど、人並みに出来て「ハイッ!」っていう風にやってね。

ところがその当時が変だったっていうのはね、学校では実はソロバンが算数の時間にあったのね。算数の時間にソロバン教えるなんて今はあんまし関係ないかもしれないけど、ソロバン塾は別に学校でやるから習わせたっていうんじゃなくて、商人の子供だからとりあえず、で行ってたんだけども、学校でそれが出てきたもんだから、ソロバン塾の要領で「ハイッ！」ってやり始めるとね、クラスの誰よりも早いんだよね。でね、その前にね、国語の〝字が読める〟とかっていうのがあってね。国語の時間にね、新しい字なんてのが出てくんじゃゃん。そんで、黒板に先生が漢字書いてさ、「これ、読める人？」とかって、「はい」とかやってんのね。「じゃあ、これが読めるんだとしたら、これは読める子はいるかな？」って、まだ学校で習ってないような字を出すわけ。そうすると、なんか俺、不思議と読めるのね。「はい」（かぼそく）とかっていう風にやっててさ、それが初めて「唯一取り柄というものを獲得したかなァ」っていうのあんだけど、ソロバンになってくると競争原理で、「ハイッ‼」っていうのを仕込まれた後だから、やっぱり教室の中で天狗になっちゃうのね。

俺、ゆとりを獲得しちゃうとね、「はあぁーーい」って、手ェぶらぶらさせてっていう風になって、「つまーんなぁーーい」って、フテてるっていう。なんかそこら辺からね、一切はおかしくなってしまったっていうのがあるんだけど、そのようにしてグジュグジュって崩れてくのね。

で、小学校っていうのがね、なんていうんだろう？　やっぱり、いじめっ子がいて、優等生がいて、っていう風に、全体の中に小さなセクトが多島海に浮かぶ島のようにポコンポコンってあるっていう、そういうクラスだから、全体が一つであったっていうようなもんじゃないとか思うのね。今だともう人間と人間との間、あの、色んな職業の家っていう、そういう違いみたいなのがなくて〝一つ〟っていう風になっちゃうけど、昔だと多島海にポツンポツンと色んなグループが浮かんでたみたいなのがあるんだよね。その中のどこかに属して細々と生きてって、みたいなのがあるんだけど、ところが〝横丁〟というセクトは全く別でして、これはもう、一つの領域の中にみんながザザザザーッと流れ込むような、そういう世界でしかないのね。

男の子ばっかりっていうのか、乱暴なことしてる子ばっかりっていうそういう世界でもあるんだけど、中には女の子もいるのね。隣の鉄工場っていうのはね、細山さんっていうんだけどね、そこの細山さんっていうのがね、男兄弟二人でね、お姉さんも一人いたんだけれども、下の子がオサムちゃんって、俺と同じ名前なんだけど、字が違うのね。で、鉄工場だから、何があるかっていうと、糸ノコじゃない、金ノコね。こういう金属製のノコギリとかね、真鍮《しんちゅう》の棒とかっていうのがゴミ捨て場に一杯捨ててあるわけ。そこのうちのオサムちゃんっていうのがね、あんまり活発な子でもなくて、どっかぬけてるみたいな子なんだけど、なんか狂暴性をどっかに秘めてるのね。

で、秘めてる狂暴性はどのように出てくるかっつうと、何かを作るっていうことで出てきてね、自分で熔接しちゃってね、その金ノコ使って、十字手裏剣作るんだよね。十字手裏剣一杯作って、当時ゴミ箱っていうのがポリバケツじゃなくて木で出来てたから、そのゴミ箱のフタを標的にしてブチュブチュブチュッってやって、それで遊んでるわけさ。で、やっぱり危険だから他の子は手出し出来ないんだけど、その子は自分で作って自分で遊んでるから、一応上手で、ピュッってやってるわけね。

そういう子もいてさ、近所の下っ端の小学校二、三年生の子集めて、小学校五、六年生の男の子なんかはね、金物集めるのね。鉄とかね、銅とかね。それをクズ屋に売るのね。ほんで、一番高いのが「アカ」って、銅なんだよね。銅のパイプをどっかから盗んでくれば小遣い銭になるって、そんでみんなで「どっかから取ってこい！」って、取ってきて、そんで、そのパイプの中に泥詰めて両端ギュッって縮めると重さが出るから、それでごまかしてっていうそういうことやってるんだけど。そういうものっていうのは日常の中にあるわけで、垣根を針金で止めてるってなると、これも金属だからほどいてしまえとかって、そういうことやってるから、わりと窃盗スレスレみたいなところもあるのね。なんかそういう意味では、前近代の親分子分の世界なのね。

で、なんつうんだ？　言ってみれば、民主主義の光が届かない世界でね――スゴイなァ。そこまですごくはないんだけど、でも、どれくらい異質かっていえばそういうようなもんで、やっぱり「男の子っていうのは、生《なま》のまんま乱暴であってもいい！」っていう、ほったらかしとけばそうなるっていう世界で、でも、それじゃあ野蛮で、「戦争をさせまい」っていう、民主的な男の子にする為には半ズボンはかせて、きれいにして、石鹼の匂いもすればいいっていう、そっちの世界もあってね。

私はね、何故か知らないけど、小学校入ったら突然音楽の才能が開花してね。音楽の試験で歌の試験やったらね、一人ずつ独唱させて全部終わった後でね、「もう一遍来なさい」とかって先生に言われて。「また怒られんのかなァ」と思ってたら「一人で歌ってごらんなさい」って独唱させられてね、「こういう風に歌わなくちゃいけないんです」って、面白くもないって顔されながらも褒められたもんだから、ポーッとなって。その後ね、「合唱団に入りなさい」ってスカウトされて、俺はね、白いシャツにね、黒い蝶ネクタイ締めて、黒い半ズボンで、女ばっかりのところにね、男の子四人だけしかいないんだけど、アルトのパートで入ってたのね。

ただそれで俺、美しかったわけじゃ全然ないってのは、肥満児だからさ、そんな格好したって全然似合わないんだよねって分かってんだけどさ、やっぱし、そういう様式にはまってなくちゃいけないいし、一種はまれてんのかもしれないなって、気取りみたいの、あるんだよね。それはそれで面白いんだけど、やっぱりそれだけじゃいやなのね。どっかで「爆発したいし」みたいなところあって。

俺、あんまり運動神経っていうのはない子なんだけど、それは何故なのかっていうとね、俺、ルール嫌いなの。だって、運動競技って、みんなルールで仕切られてるでしょ。コーチっていう人がいてさ、コーチっていうのは、いかにそのルールに合致するかどうかの基礎トレーニングするっていうのあるんだけど、「だって、そのルールがよく分かんないんだもん」って言ってる子にとって、分かんないルールがあるっていうのが一番つらいからさ、出来る、出来ないって、その為の基礎訓練しなくちゃいけないから、オリジナリティの発揮のしようなんてないのね。なんか、そういう、黙って苦労する、黙って耐えるってことが、なんかこの世で実際一番嫌いなんだよね。

ところがさ、子供の遊びっていうのは、こう、遊んでいくうちに、「ねェ、こういう風にしない？」って、ルール作っていっちゃって、自分達の躍動の方面にルールを広げてって、そこで、どんどんどんどん遊びの概念広げてっちゃう、そういうものが遊ぶっていうことだから、きちんとしたルールの中に収まることってないのね。だから、原っぱで近所の子達と遊んでましたっていうと、今だと「野球してたんでしょ」ってことになるんだけど、別に野球してたわけじゃないのね。野球してた時期もあるんだけれどもね、野球がね、突然、ガラッとチャンバラごっこに変わっちゃったんだよね。ある時期からね。

そういうのが小学校の五年か六年ていう変な時期でね、普通「子供の時チャンバラごっこやってました」とかいうと小学校入ったくらいの頃やってて、そんでもう、忘却の彼方っていうのあんだけど、小学校上がったくらいの頃だとね、やれない、仲間入れない、つまんない、悲しい、とかってやってたのがね、六年くらいになってチャンバラごっこ始めちゃうのね。それでそのまんま俺、中学に雪崩れこんじゃった人だから、ちょっと違うんだよね。

⑤そこに原っぱがあった

当時はね、原っぱっていうのが一杯あったわけ。で、「当時はね、原っぱっていうのが一杯あったわけ」っていうことがどういうシチュエーションか全くイメージ出来ないだろうなと思ってたら、そんなことはない、最近地上げ屋が暗躍してて東京は原っぱだらけになってきて、「オーッ！　スゴイ‼」っていうのはあるんだけど、ある意味で、誰のものでもない土地なのね。誰のものでもない土地で空いてるだけだから、使い途が何もない土地は、大人にとってみればなんの意味もない土地なのね。ところが子供にしてみれば、草の海があるようなもので、そこに来て遊ぶっていうことするのね。横丁の子供達っていうのは、初め横丁で遊んでて、その遊び方っていうのも何故かやっぱり親分に率いられて、窃盗団を組織するみたいに、ピラミッド的になることで、中学一年とか五、六年生の男の子が、二派か三派に分かれて、二年生とか三年生の子供を掻き集めて、「じゃあ、俺達は、こう行く、ああ行く」って、鉄屑、古鉄売って、「俺達は五百円集めた」「俺達は二百円集めた」って、そういう競争原理で生きてるぐらいのもんだから、まだ〝遊ぶ〟っていうことが、多分そこでは分かってなかったような気がするの。

中学生とか上の人達が何を教えたかっていうと、〝悪いこと〟の方でね、横丁でゴロゴロしててっていうのがあったんだけど、そのゴロゴロしてるうちに体が動き始めてしまって、「この動きが収まるキャパシティは、原っぱでしかない！」っていう形で、原っぱに移動し始めちゃうのがね、五年生ぐらいの頃なのね。その頃は一昔前のボスがみんな中学生になっちゃったもんだから、子供の世界からいなくなっちゃったのね。大体原っぱっていうのは六年生ぐらいまでいる場所っていう、暗黙の了解みたいなのがあってね、六年生は親分みたいになるんだけど、その時の六年生が、ちょっと気が弱いんだよね。キクオちゃんっていうんだけどね、裏の子だったから一緒に遊んでて、「ねえキクオちゃん、こうしようよ、ああしようよ」で、ドタバタドタバタっていう風にやってってね、リーダーがいて、ボスがいて、その子が指示してってっていうんじゃなくて、「ああしようよ、こうしようよ」って、三人か四人ぐらいが、プランナーなり演出集団なりって形で入ってってっちゃって、作ってくのね。自分達で自分が動いていく、その熱気の中にあるものをどうやって形にしていくかってことが分からないかぎり僕達は遊べないっていう、そういう風な形が前提になっちゃってるから、「こうしようよ、ああしようよ」っていう試行錯誤を繰り返してって、遊びのパターンを作るんだよね。

一番パターン作りやすいのは、チャンバラごっこでさ、誰が悪人になるか、誰が善人になるのかで、誰が守られるお姫様になるかっていうと、いつもそこに女の子がいるからさ、女の子の為の役割っていうのを用意しなくちゃいけないのね。女の子が一人だったらお姫様でいいんだけど、もう一人いるんだとすると、「じゃァ君はお姫様の腰元ね」とかっていう風になって。大体、男女分権つうか、男女の役割分担がはっきりしてた時代だから、女の子はお姫様で、腰元でっていう風になって、更に女の子が一人増えると、お姫様と腰元ばっかりじゃあれだから、「じゃあ、君は悪い腰元でさ、暗躍するのね」とかっていう風になってくるから、そこら辺グチャグチャになってくると、今度は「実はお姫様なんだけど男装してて、お姫様の方が強いのね」とかさ、お姫様だからなんにもしなくていいっていうわけじゃなくて、お姫様が悪人に追い詰められると、やっぱり「エイッ！」って、斬ってしまったっていうさ。お姫様が悪人を斬っていいなんて、そんなルールどこにもないんだけど、その子が追い詰められたもんで、ノッてたもんだから「エイッ！」と斬ってしまったっていう。うかつに斬ってしまうと、そっから「強いお姫様もありね」っていう、そういうルールが出来ちゃうのね。

「ねェ、ねェ、みんなでやりに行こうよォ」っていうんじゃなくて、時間のある子が原っぱにいるのね。で、「誰かいるかなー」と思って別の子が来るのね。二人いて三人いてって、なんかチョコチョコチョコチョコ遊んでるわけ。なんとなく体をチョコチョコ動かしてて、「エイッ！」とか斬りつけるみたいなことを、そこら辺に棒が落っこってるから、「エイッ！」ってやったりすると時に三人目が来ると、「あ、やってるな」と思って、そこに来る人間がどんどん入ってってっていう風になるのね。

未知の人間が入り込んでくるっていうんじゃなくて、横丁の子がそこに入り込んでくるから、まァ、場所が移動するぐらいのものなんだけど、でも、その内どこの子だか分かんないけれども、こっちがギャアギャアやって遊んでいるのを立って見ている子がいるわけね。原っぱって、百五十坪ぐらいのもんだけど、子供にとってみれば、大海原っていう感じなんだけど、そこら辺の隅っこに子供が立ってるんだよね。近所の子がね。でね、ボーッと見てるからね、「入る？」とかって言うとね、「うん」って言う子もいるしね、「ううん」って言っていなくなっちゃう子もいるのね。「ううん」って言っていなくなっちゃう子はね、恥ずかしがり屋だからいなくなっちゃうんだけど、しばらくしてね、その子が恥ずかしがってただけだったとするとね、また来るんだよね。また来て立っててね、「入る？」とかっつってね、「うん」とかって。

でね、今度そうするとね、全然ズブの素人には、こういうことをやるんだよっていう風に教えるのね。で、教えて、出来ないと、「違う、そうじゃない」っていう風にやって、あんまり幼い子だったりするともうメチャクチャやるから、「しょうがない、この子のメチャクチャを生かすようなパターンで話を組み替えようぜ」みたいな風になるわけ。

入ってくる子だったらいいんだけど、入ってこない子もいるのね。「入る?」って言うと「ううん」って。そのくせ行かないのね。ジィーッと見てるわけ。見てるから「やっぱり恥ずかしがってんじゃない? 入れてあげようか? 入る?」「ううん」。

それはもう、必ず女なんだよね。んでね、その子がね、すごく強情そうな顔してるのね。何故そういうところで強情そうな顔してるのかっていうと、そういうところで強情そうな顔するのはね、大体決まってんだよね。家でピアノかなんか習ってたりね。つまり近代教育を受けてしまった女の子っていうのはさ、家の中に閉じ込められちゃってるわけね。それがあるから、原っぱで何かやってて、面白そうだなと思ってんだけど、全く異質の世界だから、見てるだけなんだよね。まさか「入る?」っていう声がかかるとも思わないからさ、そう言われた時、「…………」なのね。

でも、やっぱりなんか去りがたくてそこにいるから、もう一遍「入る?」つうと、「…………」。「可愛くないやつ!」とか思って、三遍目に「入る?」つって入んないから、

「行け、バカヤロー!」っていう風に変わるわけで。「行け、バカヤロー!」ってこっちが言うのに、「入らない。だって、お母さんがそんなことしちゃいけないって言うんだもん」とかっつってね、それで去っていくんだよね。それだとこっちも憎くなって、「うるせえ、バカヤロー! あっち行け!」とか「お前の母さん、でーべーそ!」とか、そういう風になるのね。つまりさ、そこに何かがあって——それははっきり言って〝社会参加に関する基本ルール〟なんだけど——そこに自分が第三者としているんだったら、入りたいのか入りたくないのかっていう意思表示をするべきだし、入れるか入れないのか、入って一人前にやれるのかどうなのかっていう能力っていうこと、自分で見極めなくちゃいけないんだけれども、そういうこと分かんなくて、ただボサーッと立ってるだけなんだよ。ほんで俺、なんでその「入る?」とかって、「入らない? 入る?」って、そういうことをワリとしつこく言ってたのかっていうと、俺はそうやって見てた子だからなのね。

横丁で近所の子がビー玉ガチンとぶつけて、とかやってると、うちそれこそ女の家系だから「ビー玉買ってやろうか」っていう人いないからさ、ビー玉がないのね。だからビー玉持って遊んでる子、珍しいなァと思って、こうやってジーッと見てるわけ。んで、持ってないから、「入れて」って言えないんだよ。ビー玉やるんだったら、ビー玉を持ってるっていうことが、「入れて」ってことの資格だから、ビー玉持ってない子は「入れて」とは言っちゃいけないんだよね。僕はビー玉持ってないんだもん、しょうがないからこうやって見てるしかないでしょ。で、ずーっと見てて「でも、やっぱり入りたい！」で「ね、治ちゃん、やるんだったら一個貸してやろうか」って言われてやると、スゴイ下手なわけさ。いきなりやるから、スゴイ下手で、「あーあ」とかっつって、すぐ取られちゃうから、「ダメだァ」とかって、やっぱし拒絶されて傷ついて、つうのあるんだけどさ、「やっぱしこれはビー玉がなくちゃだめだ」って。何始めるかって、俺のやること昔から一つで、親の財布から金盗むんだよね。金盗んでビー玉買いに行って、で、買ったビー玉分だけ全部すぐ負けちゃうのね。

ほんで、いいお得意さんだと思うから、入れてもらえるんだけど、その、なんつうんだ？　俺は〝負けて全部取られる役〟っていう風になっちゃってるからさ、男の子達が本気で勝負する時に邪魔になるんだよね。こっちはさ、もう分かんなくて、いつも入れてもらえる、ビー玉持ってけば入れてもらえるもんだと思ってるんだけれども、ところが、そうやってる側の子には色々違うのがあるわけ。「今日はもう誰でもいいや、気ィ抜いてやってるんだから下手くそなやつが来たら入れてやろうぜ」って形でやってる時もあれば、「今日はなんかもう燃えてるから本気で勝負したい、だからそんな下手くそなやつなんか入れてやりたくない！」で、おまけに「今日はあそこの中学生が勝負挑んできてるんだから、お前なんか邪魔だ」とかっていう時ってあるわけね。だからそういう風にやってて、「わあ燃えるなァ」とか思って「入れて」とかって言うと、「ダメ」とかって言われるんだよね。もう平然と「ダメ」って言うのね。

でもそれは、シチュエーション、シチュエーションでしょうがないのね。そこで「ダメ」って言われないようになるにはどうすればいいかっていうと、うまくなるしかないんだよ。ほんで、うまくなる為には、恥かいてでも損してでも、やって、馴れていくしかないわけで、俺やっぱしそういう風にやって克服しちゃうからさ、ある瞬間、ビー玉が一番強い人にはちゃんとなるのね。なんか、みんな何やってもなっちゃうんだよね。ビー玉なんか、持ってるか持ってないかははっきりしてるし、メンコだって同じだけれども、そうじゃなくって、もっとわけの分かんない遊びもあるんだよ。たとえば鬼ごっこやってる、隠れんぼやってる、缶蹴りやってる、っていうのあって、それでも「入れて」っつっても「いや！」っていうやつはいるのね。だから「ダメ！」っていうような言われ方することだってあるわけでさ。それはその遊んでるやつらが一体感っていうのを満足させてるから、まだ他人を入れるだけの余裕がないわけさ。だから「ダメ！」が出てくんの。

ところが、その三人くらいでやってる——あのォ、昔「馬乗り」っていうのがありましてね、電信柱がこう立ってるのね、で、電信柱が立ってるとね、男の子が一人ね、電信柱を背にして立つわけ。立ってね、股をちょっと開くわけ、そんでその股の間にね、男の子が頭を突っ込むのね。で、頭を突っ込んで、こういう椅子型をつくるわけ、腰を曲げてね。そうするとその男の子は、また股開いて、次がそこに頭突っ込んでっていう風にして、そういう風にしてズーッと列をつないで、それが二班に分かれてさ、一班が馬になって、もう一班がその上にどんどん乗っかかってって、そんでその勝敗はどう決めるかっていうと、全部乗っって潰せるか潰せないかなのね。それを「馬乗り」っていうのね。「馬跳び」っていうのは、馬になったのが何人もいて、それをピョンピョンピョンピョンって跳んでくんだけど、「馬乗り」っていうのは、乗っかって、揺さぶりをかけて潰すっていう一種のラグビーのスクラムなんだけれども、そういうことをさ、三人くらいでやってると一人が立って一人が馬になって一人が跳んでっていう三人で自己完結してるわけ。でもそれが人数が増えてってて、何人にもなってくると、もっと人が来た方がいい——もうエスカレーションの極致で、その上に二十人くらい乗っかって、みんなでギュウギュウギュウってやって、「あいつを潰してやるんだ！」っていうことが可能になる方がいいから、もう町中回って、「おーい、みんな出てこォい」っていう風になっちゃう時もあるのね。だから、「いつ、そうしよう」じゃないんだよね。そこにいて、何かごちゃごちゃやってて、何かのきっかけでそういう風になっちゃって、っていうのがあってね。で、そういう風な盛り上がり方をする為の人物っていうのもやっぱりいるから、「前回なんで盛り上がったんだろう」「あいつがいたからだ」——今日はいない。で、また似たようなことやりたくって、あいつをやっぱり呼んできてって。「お母さんに用事言いつけられていなくなってるから、ダメなんだって」っていなかったりすると、「あいつがいない場合にはどのようにして、あれと同じような盛り上がりをつくっていったらいいか」って、また模索始めるって、遊びというのを、自己増殖のような形でごちゃごちゃごちゃごちゃ一杯つくるんだよね。

だから、ルールってあってないようなものなのね。その時に一番盛り上がれて「これで満足できてうれしい」っていう、そういうものがルールの根本であるみたいなところがあって、それは俺達だけじゃなくて、どっこもかしこもみんなそうだったと思うんだよね。で、昭和の三十年代くらいはなんで「原っぱの時代」かっていうと、戦争っていうのがあって、空襲で焼けたところがあって、その焼けたところはそのまんまになってて、っていうのもあるのね。だから原っぱっていうのは、ただの原っぱじゃなくて、今とほとんど同じなんだけど、家の土台みたいなのがあって、その土台石をトイレにする、そこに穴を掘ってあるところを隠れ家にするみたいな形で、言ってみれば人工的にプロデュース出来ていけるような、ただの野原っていうのではなくて〝人為的な跡地〟なのね。入口がここにあって、今は廃墟になっていて、草っぱらになっていて、自由に使っていいですよって、そういうような土地で、ほんで、そこに家を建てるっていう時代も始まってくんだけれども、昭和の三十年代くらいまでは、家がゆっくりゆっくり建っていくわけ。ちょっと大きなアパートが空き地に建って、っていう風に塞がっていくんだけど、まだ空き地はあるのね。

それが四十年代くらいになってくると、もう杉並区のウチの辺では、空き地という空き地は潰れていくっていうのと同時に、そういう形で遊びのエネルギーっていうのが死んでいくから、わざわざ子供が外に出てきて、原っぱでみんなでワーワーって遊ぶっていうような行動パターンをとらなくなっちゃう。だから、その「ワーッ‼」て盛り上がってた最後は、たぶん僕等だったんだろうなァ。

で、その時代のリーダーだった世代が、僕達だっただろうなァ、と思うのね。

⑥世界で、一番幸福だった時代

んで、たとえばねェ、僕が六年生の時だとね、あのォ、六年生の夏休みはね、今までで、一番幸福だった時代って気がすんのね。でね、それまではね——あ、涙が出そうだ——それまでは、俺、夏休みって、あんまり好きじゃないのね。長くってね。うちはアイスクリーム売ってるから、忙しいんですよ。忙しくってね、親はなんか働いてるわけ。子供はボサーッとしててね。プールに行かなきゃいけないんだけど、俺、泳げないしね。それで友達がいなかったりしてね。学校に毎日行くっていうのがなかったりするとね、ちょっとね、持てあますんだよね。でね、男の子はちゃんと泳げなくちゃいけないからプール行かなくちゃいけないなんてね、叔母さんがね、普段はやさしいんだけどね、血相変えて探しに来て、「プール行くんだってば！」ってさ、怒ってね、引っ張っていっちゃうのね。そんな状況の中で俺、プール行ったって面白いわけないじゃん、泳げないだけなんだもん。つうのあって、なんかあんま、そういう意味で面白くなかったの。

そんな充実してなくって、でも、何故か知らないけど、五年生の夏休みになるとね、原っぱ行って時々みんなとワーワーやっててっていうような状況になってきてね、もう僕達が六年生で一番上の学年だからリードしなくちゃいけないのかもしれないよねーっていうくらいの時になってね、僕とね、隣に近藤さんのイサムちゃんつうのがいてね、近藤イサムっつうんだよ。行ってた小学校が、シンセン小学校なんだけどさ、同じ年だとね、太田さんのミッちゃんって、女の子がいたのね。で、それとうちの妹がやっぱり四年生で、で、隣のキクオちゃんの弟が五年生でっていうのがあるんだけど、もう一人、トウジンバラのテッちゃんつうのがいてね、それは五年生なんだけど、わりとやり手なのね。で、フカセさんのヨーちゃんっていうのがもう一年下なんで、って。一応まぁ、名前は大体覚えてるんだけど、なんか撰りすぐった精鋭が集まったっつうところがあってね。みんななんか、それぞれに適応能力っつうのがあるのね。俺はなんだかワケの分からないやつなんだけれどね。

近藤さんのイサムちゃんつうのはね、小学生のくせにね、『練鑑《ネリカン》ブルース』が全部歌えるっていう変な子なんだよ。〝ネリカン〟っていうのは、練馬にあった少年鑑別所なんだけど。なんかわりと家庭も複雑だったたっていうのがあったらしいんだけど、学校の勉強よりも「ウルセーナァ！」って、ナイフちらつかせてる方が似合ってるって、そういう小学生なのね。そういう小学生もいたんですよ。で、俺なんかボサーとしててね。ほんでね、太田さんのミッちゃんって子がね、異様にテキパキした子なんだよ。テキパキした子でね、我を忘れると完全に男になってしまうっちゅー、そういう子でね。「やっぱりスカートをはいた男の子っていたな」っていうのがそれなんだけど。もう一人トウジンバラのテッちゃんていうのが、一学年下なんだけど、その子はね、野球やらせれば強いっていうぐらいで、運動神経が発達してる、すごくしっかりした子なんだよね。

んで、なんか、妄想に関するプロデューサーの根本は、俺みたいなところあるんだけど、ピラミッド構造の頂点が平らになっちゃってたのね。みんななんかやってて、その下にいるのが何なのかっていうと、やっぱりまだ独り立ち出来ない子で、僕達が鍛え上げて次に譲っていかなくちゃいけないんで、「僕達が〝卒業〟しちゃったらもう原っぱにいなくなるんだから、この子達がちゃんと遊べるようにしなくちゃいけないんだよな」って、そういう風に思いながらやってたのね。なんかね、わりと三世代兄弟みたいな、三人兄弟みたいなところ、あったなァ。

六年生と五年生が一グループで、四年生と三年生が一グループみたいなところあってね、小学校一年になるとちょっとつらくて、二年くらいの子までかなァ。その集団の中に置かれちゃうと、みんな役割っていうの発揮しちゃうから、結局うまいこといっちゃうのね。だからチャンバラごっこやってて、お姫様が突然強くなっちゃってつうのもあれば、そればっかりじゃつまんないから、「少年探偵団ごっこしようよ」とかって、少年探偵団ってのは、何やんのかっつうと、近所のわけの分かんないところ探偵しに行くのね。で、探偵しに行く時に大体、

ぼっ、ぼっ、ぼくらは少年探偵団！

って、そういう歌を歌いながらみんなで歩いていくわけ。十五人くらい。で、「あー！何かあっちの方にオバケ屋敷があったよォ」って。なんか一キロぐらい離れたところにオバケ屋敷があるからさ、「じゃ、そこ行こうよ」って、それが、歩きながら歌ってる間にさ、大体、なんて言うの、発散しちゃうからさ、「オバケ屋敷って、どこォ？」って、今さら探偵のしようもないって、突然ピクニックになってしまうっていう、何か少年探偵団ごっこはただ歌って歩いてただけだなっつう変なのがあるんだけど。ほんで、そういう風にやってくと、みんなで遠出して、っていう風になっちゃうからね、「今日はどこ行こう？」「あそこ行こうよォ」ってなったり、「今日はここでやらない？」「あれしない？」ってドタドタドタやってってって、なんかもう、異様に盛り上がっちゃったんだよね。

盛り上がっててね、「今日はね、お父さんとお母さんがね、海連れてくっていうから、明日は海行くから、もう帰るねー」みたいな風に言って、そうするとその、本当だったら親に海連れてってもらうことの方が楽しいんだけど、やっぱり海連れてってもらうよりも「明日ここを欠席するのが、スゴクつらいなー」みたいな風になっちゃってて、「やっぱし世の中って、そういうもんじゃないか」って、俺はなんかその瞬間に思ったのね——その瞬間にね。そんで、いないと、そのテッちゃんっていうのは弟がいるからね、男のメンバーが二人抜けるんだよね。二人抜けると、「あァ、テッちゃんの存在大きいな。痛いな」みたいなところ、あったのね。

そんで、言ってみれば前近代のアナーキズムを体現しているチビッ子ギャングみたいなもんなんだけど、ところがそれがね、生産性を発揮しちゃうってのは、小学生の夏休みてのは、地区でなんとかしてなくちゃいけないっていう地区の教育みたいのあるでしょ。地域教育みたいなの。だから毎日朝起きて掃除しましょうって。横丁の掃除しましょうって、毎日ラジオ体操やって掃除するっていう風に俺等六年生が率先してね、やってんだよね。そんで俺、掃除しろって言われるとやってる方だから。太田さんのミッちゃんてのも掃除しろっていうと、自分の出番が来てるから、なんか張り切っちゃって、目ェ吊り上げて掃除してるって変なことになって、近藤さんのイサムちゃんだって、本当は掃除なんて全然嫌いな子なんだけどね、みんなやってるからやってるっていうのがあるからね。だから夏休みがね、とことん、なんか、突然規則正しくなっちゃうの。誰に言われたわけじゃないけど——誰かに言われたのかもしれないけどね、毎朝六時くらいにラジオ体操して、それが終わるとね、掃除してね、打ち水してね、「じゃあね」って言ってご飯食べに帰ってくって、なんであんなに規則正しくしてたんだろうって思うんだけど。

そういう子供達がさ、朝ご飯終わって、そんで、お勉強もしたんだかなんだか分かんないけど、ポツッポツッと、昼過ぎんなると原っぱに現われて、そんで突然、全くこういう建設的な行為とは無関係なドタバタやったっていう風になるんだけど、そのドタバタやってく中で、やっぱし人間関係っての作っちゃうのね。小さい子はかばってやんなきゃとかね。小さい子でも、「やっぱし、ここんとこで跳ばないと強くなれないよ」って、なんか無理矢理跳ばしちゃうとかね。そんで、すっ転んで泣いたって、「痛くない痛くない」っていうのとね、「やっぱりこれは大変だ」っていうのと二通りあって、そこん中でそういう適性持ってる子が面倒見てるって、なんか〝差〟っていうのがないんだよね。

男の子と女の子に差がないの。そんで、昔の時代だから、「女の子はチャンバラごっこなんてやっちゃいけません」なんていうの、明らかにあったんだけど、ないんだよね、結局。だって、始まっちゃったらのるんだもん。のったらおしまいだし。そんで、その、お姫様で「わらわに何をする！」って言ってたのが、突然「エイッ！」って言って斬っちゃったりさ、ダダダダッて走り始めるとさ、「お姫様がそんなに走っちゃダメだよ」って言われても、「だって、こういうお姫様なの！」とか言ってさ。そうなってくるとその方が面白いからさ、「どんどん男になれ」っていう風に思っちゃうのね。

だから夏休みってのが楽しくて楽しくてしょうがないのね。原っぱなんか——なんていうの、ペンペン草っていうかススキの小さいのみたいのね、これくらい（二、三十センチ）の丈で、穂がパッパッって箒みたいに分かれてるのがあってね、七月中から八月の終わりくらいまでその太いやつがボッボッって生えてるのね。それが秋が近くなってくるとだんだん細くなってきて、赤マンマが色づいてトンボが飛び始めてっていう風になって、「あぁ、もうそろそろ秋になっちゃうんだなァ」とかっていう風になって、なんか、その小学校の頃の夏休みってのはね、「学校に行きたくない、学校が始まるのやだ、このままずっと家にいたい」みたいのあったのね。だからって俺、既にもう六年生だから、学校に適応出来てないってわけではないわけ。やっぱり学校の中でも同じようにドタバタやってるわけ。

学校の中でドタバタやってると、女の子がドタバタしてる男の子をたしなめる役割っていう、そういう役割分担が出来てるのね。お姉さんみたいでさ。ほんでも、そんな子ちょっと突っつくとさ、すごいダダダッと走ってきて、もう、スカートはいた男の子の本性丸出しってとこあるから。俺また、そういうことばっかりしてたんだよね。

昼休みなんかさ、みんなで縄跳びするんだよね。一クラス三十人くらいがさ。全員がダダダッて入って、それは先生にやりなさいって言われたわけじゃなくて、自然にそういう風になっちゃったのね。「入れて」「入れて」で、なんかやっちゃうのね。で、女の子の面白いっていうのは二人で手つないで、「入れて」って来るのね。一人で「入れて」って来る子はあんまりいなくて、なんか、二人揃って、「ねぇ、入れてもらおうよ」「うん」みたいのがあって、こう、トゥィードル・ディーとトゥィードル・ダムみたいな格好して、入れてって来るんだよ。

んで、その縄跳びは普通なんだけど、学校でゴム跳びなんか始まっちゃうとさ、なんかもう、スカートの裾、ブルマーに挟みこんじゃうのね。今、あんまりそういうことってやらないのかもしれないけど、なんかみんな昔、こういうフレアースカートみたいなのはいてて、下にみんなブルマーはいてるでしょ。ブルマーはいてるから、それだったらゴム跳びなんかしても、バッてめくれ上がっちゃって見えるってのあるから、スカートの裾、ブルマーに挟み込むのね。挟み込むと、スカートの裾がそのままブルマーになって、いとも形は悪くなるけど、スカートの中は見えないっていう風になるから、女の子がゴム跳びする時は、みーんな、その、スカートを瞬時にブルマーに変えてしまうわけね。それが多分、女のたしなみの最低線で、それをやるともう関係ないみたいなのね。めちゃくちゃな格好して、「行くわよ！」って感じでさ。だから、俺、遊んでると、男とか女とかってのは、ブルマーにスカートを挟むかどうかだけじゃないか、っていうのがあって、学校ん中だとやっぱし、その、勉強もある程度以上に出来て、ピアノなんか習ってて、おしとやかで、太田さんっていうんだけどさ、太田マリちゃんつう子だけど、その子、わりとおとなしくてね、ピアノ弾く時、えーっとか恥ずかしがってるんだけど、突然、ゴム跳びになると、「ヤッタァ！」て感じになって、こういう風に挟み始めてね、ダダダダッてやってね、勢いのわりにはすぐこけるという。だからねェ、なんか、男であるとか女であるとかいうのは遊びが始まってしまうと、ドドドドドッて、その、情熱の押されるまま関係なくなっちゃうんだよね。

小学六年くらいまではそうだったのね。六年くらいになると、おしとやかになろうとする女の子もいるんだ。そっちの方向に行こうとする女の子もいるんだけどね、やっぱりなんかね、トキの声みたいな子供達の勢いに引き戻されちゃって、やっぱり、「そこにいなければ私もクラスを預かる副委員長としてやっていけないから」っていう名目によって、スカートをブルマーの中に挟み込んで、「福田さん、やめてくんない。その太腿」とかってのもあるんだけどさ。そんで、なんか俺、そういうものの方がすごく重要なことだと思ったのね。んで、毎日そういうんじゃなきゃやだって思ってたの。

そんで、女の子が縄跳びやったり、ゴム跳びやったり、ドッジボールやったり、てのがあるのと同時にね、学校って変なところでね、賭けごとみたいなことは禁止しようとするのね。だから、学校はメンコ禁止なのね。で、ビー玉も禁止になるわけ。で、学校にビー玉持っていってはいけません。みたいになるわけ。ところが学校って節穴っていうのか、当時の男尊女卑ってのかなんだか知らないけど、女の子のおはじきは賭けごとじゃないって、容認されるのね。女の子のおはじきは可愛いものだからって、女の子がこういう風にこんくらい（十センチくらい）の袋におはじき入れてね、ガラスのおはじきを学校に持ってきて、そんなことやってることに関してはね、賭けごとではないからって、お咎めはないわけなのね。ビー玉はいけないけど、おはじきはいいっていうの。男の子の闘争本能は賭けごとという悪事に走るからダメだというんだけど、女の子のおはじきという、おとなしやかなものだったら許されるっていう風になるんだけど、そういう風なのをおめおめと見ているようなバカな男の子じゃないよっていうの。男の子がみんなおはじきをし出す。

そんで、そのおはじきをどんどん闘争の手段に変えていくのね。パチンっていう形でさ。女の子は小さなおはじきって「一つ、二つ」とかって、おとなしくやってたのがさ、こういうでっかいおはじきが登場してきて、単にビー玉が平べったくなっただけなんじゃないか、っていうのがあるんだけど、「これ、教卓の端から端まで飛ばせるか?」――パチンっていうさ、そういうことをやってるわけ。どんどん賭けごとに変えてくわけ。でも、おはじきは禁止されてないのね。ビー玉は禁止されてるんだけど、おはじきは禁止されてないんだから、文句ないでしょ。ってさ。なんか、バチッてやってるわけね。

だから、女の子のやる遊びを男の子がやっちゃいけないって理由はどこにもないんだって。そんで、なんか、女の子がリリアンなんてやってたりするんだけど、リリアンって今の人知らないかもしれないけど、こういうね、木の筒みたいのがあってね、穴があいてて、上に釘が刺さってて、そこに糸を回して、そこになんか、編み棒で引っ掛けて、網をズラーッと編んでくのね。その頃俺は不器用で、それが出来ないのね。でも、男の子ってなんかね、特技があるってことが取り柄だからね、「ちょっと貸して」って、女の子がやってると「貸して」っていう風になるわけ。そうするとね、マスターすると男の子の方が絶対早いんだ。男の間でね、リリアンが競争になっちゃって、女の子なんか、可愛らしげにこれだけ編んでるんだけどさ、次の週、気がついてみるとさ、学校じゃ、男の子がこーんなもの作ってるっていう。

でね、家庭科の時間にね、こう、スウェーデン刺繡のマガジン・ラック作れってのがあったのね。多分、これなんかカリキュラム同じだから、俺の世代の人だと、みんな同じようなことやってたんだと思うんだけど、針金――ビニールのチューブに入った針金を枠にしてね、そこにスウェーデン刺繡の厚手の布でね、マガジン・ラック作るっての、あるの。そんでその、作るってとこまでは工作的なんだけど、そのスウェーデン刺繡のきれいに刺繡をするっていうのが家庭科なのね。で、そうなってくるとね、絵画的ってことになってくるとね、女の子ってのはね、あんまし根《こん》つめないのね。なんかやっぱし、家庭科って嫌いだったみたいなのね、女の子ってね。昔の子なんだからね、一応出来る子は出来るように仕込まれてた、っていうのあるんだけど、もう、それ以上のことなんかやりたくない、みたいなとこあったんだけど、男の子って、なんか、公然と作れる、しかもそれが自分の価値観とは全然別のとこからやってきて挑戦のしがいがあるってところがあるとね、俄然のるんだよね。だからね、クラスのいつも五人くらいの子でね、クラス委員、回り持ちしてるみたいなクラスだったんだけど、その子達が一つの家に集まってね、「じゃあみんなでやろうね」って、男の子が五人集まって、せっせとスウェーデン刺繍の針を動かしてたってのあって、女の子が見てね、「えーっ、こんなすごいの作ったの？」って。そんなのばっかりやってるから、なんか男と女が逆転してたわけじゃないんだけど、男と女がそれぞれ、ありたいようにあったような時代だったよなァって、そういう気もするのね。

で、それが一方では学校なんですよ。夏休み終わっても学校行けば、そういう世界が待ってるわけ。だから別に、その原っぱがなくなっちゃったって、寂しがる理由はないのね。でもね、でも違うんだよねっていうのはね、原っぱっていうのは序列がないんだよね。でも学校って序列があるんだよね。

⑦原っぱが遠ざかる日

たとえば『練鑑ブルース』歌えてさ、「おー、オサン」って――俺のこと「オサム」って言わないで、「オサン」って言うんだけど、のれば平気で乱暴してさ、なるべく痛くしないように、っていうのもあるんだけど、のってくると平気でバシバシぶってしまうっていう乱暴なイサムちゃんだって、やっぱしその子なりに取り柄があるんだけど、学校行くと、単に成績が悪い子に変わっちゃうんだよね。太田さんのミッちゃんだって学校へ行ってしまうと、なんかやっぱし、普通の家の子よりもちょっと貧乏な子でっていう風に変わっちゃうのね。トウジンバラのテッちゃんなんて、サブリーダーって感じでわりと張り切ってた子なんだけど、学校行ったら下級生なんだよ。だから学校行ったたって、昨日の原っぱの友達に次の日新学期で会うと、もうみんな「学校に捕まった」って顔してんの。原っぱの顔じゃないんだよね、全然。

だから、あの、「テッちゃん」って、出しにくいのね、声が。「あァ、いけない。向こう下級生の顔してるんだから、一年上の上級生の顔しなくちゃいけないんだ」って思うんだけど、原っぱの時って、そんな顔したことないからさ、「テッちゃーん」って、学校では言えないのね。学校行けば太田さんのミッちゃんだって別の顔してるから、「ねェ、ミッちゃん」とか言ったって、なんかそこで、暗い彼女の庇護者って形でグショッとなんなきゃいけないって、「これはなんか、原っぱのロジックっていうのに反することだと思うなァ」とか思うのね。やっぱし「自力で明るくしなきゃいけないんだから、ねェ、ミッちゃん」とかっつうのあるんだけど、やっぱり、「そこで二人揃って暗くはなりたくないんだよねェ」とかっていうのがあるから、学校行くってことは、原っぱが解体してっちゃうことなんだよね。

だから、夏休みの間ずっと——なんかほとんど、あんなに幸福だった時代ってないと思うくらいのところが、たった一日で全く別のものに変わっちゃうのね。だからあれ、それがいやだから忘れたわけじゃないんだけど、やっぱし、明るくしてなきゃやだっていうのがあるからさ、明るい方明るい方って、どんどん行っちゃうから、だからそういう、ドタドタやっちゃう〝学校の世界〟に行っちゃうんだよね。

そんで、あの、何をトチ狂ったか、うちの母親っていうのが、俺が小学校に上がる前はモデルにしたがってたのが、今度、中学に入る段ぐらいになってくると、なんか、私立っつうか国立の付属みたいなところに入れたいっていうのか、坊っちゃん学校に入れたいっていう、不届きな望みみたいなの持ち始めて、家庭教師みたいなのつけるんだよね。俺にね。

　ウチ、中小企業とはいえ一応社長だったから、金あったんだろうなとは思うんだけど、当時の常識でいくと、家庭教師のいる子っていうのは、成績の悪い子か特殊な目的がある子なんだよね。どっかの学校受けるっていう。別に俺、どっちでもない。「どうして家庭教師がついてるんだろう、よく分かんない」とか思いながら、ずっとやってたのね、ウチの親は、なんにも言わないで家庭教師つけるから、分かんないんだもん。

　その頃原っぱってのが忘れられて、今度はクラスが原っぱになりつつあるっていうのは、クラスの子の間でローラースケートが流行《はや》り始めてね。ローラースケートでね、全員つながって、ザーッで走ってくんだよね。二十人くらいクラスの男の子が。で、ある道路の一面全部占領しちゃって、そこでローラースケート転がしてて、「ここだけじゃつまんない」っていうから、「おい、みんなでどっか行こうぜ」って、それこそ、少年探偵団じゃないけど、一列になって、ザザザザッと走ってくわけ。んで、標的はどこかっていうと、クラスの男の子のうちが駄菓子屋始めたのね。で、「そこ、行こうぜえ」って、グイ公っていうんだけど、「グイ公んち行こうぜ」って。ダーッ！　で、みんなで二十人くらい来るからね、おばさん勘定できないからね、みんなテイよく集団強盗してたんだよね。んで、やっぱし俺、一緒に行ってもね、お菓子屋の息子だからね、駄菓子屋だから盗んでもいいってのは、やっぱ出来にくいのね。やっぱしウチで、それやられるのやだし、やっぱそれはやっちゃいけないことだなっていうのは体に染みついてるから、一緒になってダーッて行ってもやっぱし、「ああ俺はやっぱし盗む勇気がない、悪いことは出来ない」っつうのはあるんだけど、でも、そのようになってはいるんだけど、でも、原っぱっていうのはもう解体しちゃってるんだよね。男の子ばっかの隊列と、原っぱは違うし。

だからなんかねェ、原っぱ通ると、その瞬間、妙にせつないのね。「あー、もうここは誰も来ないんだ、でも来年は」っていう風に思うのね。テッちゃんの弟もいるし、キクオちゃんの弟もいるし、とかって。誰かがやってくと思うんだけど、よく考えてみると、僕達がリーダーやってたっていうことの段取りみたいなことって、全部教えてなかった。テッちゃん一人で頑張って、そのこと教えなくちゃいけないんだけど、「それ無理だよな、僕達三人の合議制で四人目にテッちゃんがいてっていうのあったけど、来年からになると、六年生が三人いなくなっちゃうから、テッちゃんが一人でやってかなくちゃいけない。それは無理だ」とか思って、そうなってくると次の子に教えられないや、っていうのが分かっちゃうのね。だから、次の年になると、原っぱに子供がいなくなっちゃうんだよね。子供達どこにいるかっていうと、遊び場がないからさ、テッちゃんち行って『少年サンデー』読んでるとかっていう内部の遊びみたいな風に変わってきちゃってね、「ああ誰もいない……」っていうのが、なんか……（泣き声）、ちょっと、泣こう……感極まってしまった。

なんかねえ、俺、世の中って、それで全部よかったんだと思ってるのね。だって、みんながそれぞれに生きていて、それぞれにやれてるんだもん。そこにないものは何かっつったら、たった一個、性的な――セックスだけだって。俺、もう既にその頃、性的なこと知ってたってこともあったから、そんなこと表沙汰にはしなかったけどさ、「ここに性的なものが加われば大人なんでしょ」っていう風に、そういう風に思ってたのね。思ってたんだけど、それはいつからなのかってのよく分からないんだけど、まァ、分かんないからいいやそのままで――。

⑧中学だって遊んでた

というわけで、子供の時代っていうのは、このような時代がいく度も積み重なっていくものでって、俺、もう勝手に、一方的にそういうものしかないから、親は家庭教師つけて有名な学校行かせるとかやってても、そんなことあんまし言わないのね。うちの親なんか黙って段取りだけ踏んどいて、俺は必ずその段取りを裏切るっていう風に、試験落ちちゃうからね。でも、試験受けさせられるっていうのがすごくいやなのね。いやだ、すごくいやだ。だって、ここにいたいんだもん。この学校のこのクラスにいて、このクラスの子がみんな公立の中学行くんだから、そん中で俺も一緒に行きたいんだもん。そっから離れるの、いやなんだもん。そうしつこく言ってて、そんで試験の時——入学試験の時は、学校サボってっていうか、ウイークデイだったから学校行かなくて、でも試験終わるとまだギリギリで放課後に間に合うのね。「試験終わったから！」って、ダダダダダッて、走って「帰ってきたよ！」って、それでダダダダッて遊んで。俺、これなくして中学行くのいやっていうのあってね、別に勉強がいやで頑張らなかったわけじゃないんだけど、俺、いくら頑張っても、落ちる時は落ちるんで、簡単に落ちちまって、「ああ、おんなじ中学行けてよかった」とか思って。

んで、中学行くと今度はねェ、今度はまた変わってんのはねェ、男の子ってやっぱり群れてたいのかなァ。中学がねェ、今度は遠くなるのね。小学校はわりと近かったんだけど、遠くなってね、近所の子達と誘い合わせて行くんだよね。そうするとね、三村さんっていう――三村テーラーっていうのが近所にあってね、そこの息子が三村君っていうんだけど、その子が変な子でねえ、中学一年生なのに、「俺、セザンヌが好きだ、セザンヌになる」とか言ってね、なんの脈絡もなくセザンヌが好きって言ってね、変なやつでさ、それが「橋本くーん」て言って、来るわけさ。そうすると、誘い合って、初めは二人で行ってるんだけど、「あ、朝行くんだったら呼んでよ」ってのが、それが三人になるわけ。で、四人くらいになるわけ。そうするとなんかのりが違って、「あいつも誘えば来るかもしれないね」って、なんかね、そうなってからはね、普通、学校まで歩いて二十分くらいだったんだけど、二十分くらい前に出てくればいいんだけど、それよりも二十分も早く起きて、片っ端から誘って歩くんだよね。

　ダダダダダッてすごい遠回りして、「ナントカくーん！」とか、しまいには十人くらいズラズラズラって列作って歩くって、なんかそうしなくちゃいけないっていうわけでもないんだけど、とりあえず、みんなと一緒になんかやってたいとは思うわけなんだよね。なんかやってたいとは思うんだけど、何をやってたいかっていうのはさっぱり分からない。でも、情熱だけはあるから、学校行くという行為の中で情熱というものを満足させちまおうって、ともかくなんか、男の子十人くらい呼んで学校行くのって、異常だよね。今なんか平気で群れて歩いてるけど、当時はやっぱし、三人くらいのグループがポツポツっていて、それがなんか、十人くらいザザザザッと一団になってさってっていうのって、あまりないいんだけど、それくらいしかやることないいんだよね。まだ中学校に適応出来てないから、とりあえず〝行く〟という段階の中で、っていう風になってきて。それは今まで親しかった人達とかってていうのじゃないの。新しいクラスに入った子だから、「ああ、手伸ばせば届くね」みたいな風になっちゃったもんだから、「とりあえず、こっち方面は全員集合ね」っていう形で、それこそローラースケートでザーッと走ってたのと同じなのね。

ただ、学校行ってしまうともう遊べないから、そのまんまで終わりっていう風になって、それが徐々にまた分化していくと、俺としては、やっぱり放課後なんかクラブで遊んでるのうれしいから、「おー、帰ろうぜ」って、「今やってるから、後でね。先帰ってくれ」とか言って、そういう隊列から離れたくなっちゃう風はあるのね。だって、その隊列って目的がないいんだもん。学校行くだけで。

で、その頃私が何やったかっていうと、園芸部入っててね、鍬持っててね、リヤカー乗っててね、校庭走り回ってたのね。その頃俺、百姓になりたかったんだ、本当の話。で、そういうこと好きだから、そういうのやってると、「みんなゾロゾロ歩いてるのと一緒になるのはいやだなあ」みたいなところあって、そいで一年の時はなんか知らないけど、〝室内ゲーム〟なのね。遊び方がね。でもまァ、ドタドタと教室や廊下を走り回ってっていうの、あるんだけど。今度、二年生になってくるとね、ハックルベリー・フィンになってきてね、木の上に家を造ろうとかね、みんなでキャンプに行こうとかね、漂流したらどうしようとかね、そういう話ばっかり男の子が集まってするようになっちゃうのね。

そうなってくると、突然やっぱし幼児現象が襲ってくるっていうのは、テレビが西部劇ブームだったからなんですよね。で、中に一人妙な子がいてね、あの、木削ってね、ゴム飛ばして、ピストル作っちゃうのね。それで、「これがコルト45だ、これが『拳銃無宿』でスティーブ・マックイーンが使ってるやつだ」って、一々みんな作るわけ。引き金引くとゴムが飛ぶわけ。で、それ持って何やるかっていうと、それゴムだから力弱いから外じゃあ遊べないのね。家の中でやるんだよ、困ったことにね。六畳くらいの部屋閉め切りにして、風が入ってこないようにしちゃって、それでゴム鉄砲がビシュンビシュンなんて、そんな小学校の三年生じゃあるまいしっていうのがあるんだけど、中学の二年生になるとそういう風になっちゃうのね。

だから、野蛮じゃなくてカルティベイトされてっていう風になってくってていうのはそういうことなんだなあっていうのがあるんだけど、そういうのやってて結局どこへ行ってしまうのかっていうと、やっぱり中学三年生でね。まあ、中学三年になってくると、みんな馴れきっちゃうから、好き放題なのね。好き放題っていうのは、俺一人で好き放題やってたんだと思うんだけど、その辺はなんか、『恋愛論』の中で、中学三年の頃こういう風にやってたっていうことを読んでもらえば分かると思うんだけど、俺やっぱり「みんなが助け合うと変わってって」っていうことが、それこそ小学六年の時、原っぱん中で知ったから、今度はその原っぱが中学三年の教室の中に登場しちゃったと思ったの。思って、「ああもうちょっとで――メデタシメデタシにならないで、落ちた子もいたし」とかっていう風な形で終わってたねェ、みたいなのがあるんだよね。

中学が終わってね、「みんなでクラス会やろうね」って、その時の写真なんか、幸福の極みみたいにみんな可愛いのね、顔が。「なんでか知んないけどこうだもんなあ」っていうのがあって、高校でもなんとかなるかなあと思ったら、ならない。なんでならないって、世の中って色々面倒臭い理屈ばっかりあるなあ、っていうのがあって、理屈って、残念なことに、人間の動きとれないようにするのね。

⑨〝大人〟は、判ってなんてくれないんだ

子供達がなんで遊んでたかっていうと、理屈ってあるのかもしれないんだけど、「僕達ここでこういう風にいて、なんか動きたいんだよね、うずうずしてるんだよね」で、ピョンて飛んでしまったけど、「そのピョンって飛んでしまったことって、面白いね」って。――二人揃って、単にその、崩れた土台の跡のところからピョンピョンって飛ぶってことだけをやってたとすると、そのうちに、もっと高いところから飛べるって、エイッとか。俺なんかバカだからさ、塀の上へよじ登って、ドンって落ちて、「ああビリビリする」って。

そういうことから遊びってどんどん作ってってたし、そのことってやっぱし日常生活にきちんとフィットしてたしっていうのあるんだけど、誰がそのこと一番よく知らなかったかっていうと、やっぱ学校の先生が一番知らなかったと思うのね。学校の先生は子供達が校庭で遊んでて、ああそれはよかったねっつうのはあるんだけど、見てるとこっていうのは、リーダーやってる優等生だけなんだよね。俺、たまたまそういうことやってる優等生のグ

ループにいたからいいけど、下から這い上がってきた子だからね。全部が仲良く出来るっていうことは、〝全部〟っていうのに横丁の子っていうのも含んでくれるんじゃなくちゃいやだっていうの。で、横丁の子っていうのが、ある意味で、みーんな死んでっちゃった子なんだよね、っていうのがあるから、はっきり言って、〈ぼくたちの近代史〉っていうのは、その時の友達なのね。だって、みんな四十代の人間になってるんだもん。

で、四十代の人間になってると、「ああ治ちゃん変わったねえ」とか「変わんないねえ」とかってなるのかもしれないんだけど、たまたま会ってしまって、「ああ久しぶり」としか言えないんだよ。変わっちゃったんだもん。大人になってなんかに捕まっちゃって、い、い、い、大人やってる。いやだ、そういうの、とかって。

そういうのあって、んで、また別のところ行くと、「えー、治ちゃん、どうかしたの？ こんなところにいたの？」って、再会したりなんかしちゃってさ。やっぱり――ああもう違う、決定的に違う。今ここで会ったら「昔なつかしいなぁ」って、そういう話しかない。俺やだ。だって、そのこと踏まえて変わっていくような気持ちがある。だって、僕達はそういう形で〝未来〟っていうの信じて、遊んでたんだから……（泣く）……。

そういうことって、一番大事なことだから誰からも邪魔されたくないし、生きてくってことがそういうことでしかないから、（泣きながら）それこそ邪魔されていくのはいやだ。ずーっと思ってた。

だって、遊ぶってそういうことだし、生きてくってそういうことだし、みんな仲良くするってそういうことだし、大人になってくってのはそういうことが複雑になっていくってことだけなんだから、そのことが通っていかなかったらやだって。どんなことがあってもやだって。だから大人になるからいくらでもごまかせるからって、そんな風に「知らなかった」で通すのがやだ。だって、みんなあったもん。遊んでたもん、っていう風に僕は思ってしまう。

どんな面倒臭いことがあったって——世の中がピラミッド構造で出来てるって、それはリーダーは必要さ。でもリーダーが誰かいれば、構成メンバーってみんな動いていけるようになるもん。で、そうなったら、その人間が次つくっていけばいいんだもん。だったら、いつまでもそんなつまらない制度とか作ってる必要ないじゃない。どんどんそういう風に動いていけばいいじゃない。でも、なんでそういうものがあるの？　それがあるんだとしたら、「まだ出来ていないから出来るようになる為の準備施設だけの意味でしょ？」って思うんだけど、決してそういう風にならないんだもん。なんたらかんたらって、なんか、遊んだことないような人達の為に、遊んだ側の人間が一生懸命説明させられる。全共闘って一体なんだったんだろうって言ったら、敵は分からないんだよね。分からない敵相手にどうすれば分かるんだろうっていうことを説明しようとして、分からせるっていうことを過剰にやってしまってかえって、分からないままで死んでいくかもしれない人達を、分からなくちゃいけないにも拘わらず「権力者やってる」っていう形でまつり上げちゃって、状況を膠着させちゃっただけのような気がするのね。

　やっぱり、分からないっていう人はいるわけでね。分からない人とは、「あっ、この瞬間にこの人は分からないんだ」って形で、切れてもよかったと思うんだよね。でも、時代がそこまで熟してなかったし、そういう風に簡単に言える言葉ってなかった。だから色んな難しい言い方したんだろうと思うし、「その理論に合うか合わないか」っていう形で、人間っていうのを切ってたと思うのね。でも、切られていく人間っていうのは切られていく瞬間に切られたっていうだけで、なんか知らないけど人間に、〝分かる〟っていう能力がないにも拘わらず、なんか制度だけが勝手に存在している。で、なんか、その制度に縛られるっていうことによって初めてリラックス出来る、生きていけるって、なんか、都市がどんどん田舎になっていくような気がする。

⑩原っぱという社会がほしい

『秘本世界生玉子』（河出文庫）とかね、『花咲く乙女達のキンピラゴボウ』（河出文庫）とかを書き始めた時っていうのはね、理由が一つだけあったのね。なんでやるって言ったらね、「自分の思想があれば自分の思想によっかかれるから楽だもん！」。

だって、自分の為の思想ってないし、「こういう風にすれば通っていくかもしれないからそういう風にする！　ただ自分だけで分かるのじゃいやだ！　多分これがみんなで昔ワイワイガヤガヤ言ってたことの答の一つかもしれないから、とりあえず提出するけど」って、そういう形で、一般的でもありながら個人的でもあるようにっていう両方の構成で書いちゃったんだよね。

でも、そういうことって、あんまりみんな理解してくれないんだよね。なんかとんでもないヒドイ言われ方しちゃったなあ、っていうのがあって、まあ、悔しいは悔しいんだけども、とりあえずここで自分の思想っていうのが出来ちゃったから、「ああ、ここによっかかってればすごく楽だ」っていう風になっちゃったから、制度に縛られなきゃ何か出来ないっていうことが、僕には分かんないのね。ルールって、自分で作ってけばいいんだし、ルールを作ってくには、一歩をまず踏み出してしまったその足が何を、どっちの方向を指すかっていう、そういう方向が分かってさえいれば、ルールになるものが自ずから出てくるものだもん。それを信じてるのが人生なんだもん、っていうのがあるから、自分の論理っていうのは自分の生きてく方向にすっと出てくんだよね。

たとえば、この方向に手を伸ばしてしまうと、既にそれだけで〝理由〟があって、そこに自分の論理の方向っていうのがあるわけよね。だから、それでいいじゃない。で、それだけだったら、自分一人の独得の言葉になってしまうから、みんなで分かるようにしなくちゃいけない。その手続きっていうのはいくつかあって、「ここところを押さえていかなければ文章にならない」って、そういう風に教えるのが大学っていうところのアカデミズムでしょ、っていうのがあるんだけど、なんかそうでもないらしい。

そうなってくると一体なんなんだよ？　理屈っていうのはやっぱり理屈に縛られる為にいるわけ？　縛られてるところに更なる理屈がやってきて、それで自分を救ってくれると思うわけ？

そういうのってさ、自分で出てかなきゃダメなんだもん。自分から「入れて」っていう風に言わなければ、なんにも始まらないんだけど、その、男の世界って、「入れて」って発想がないんだよね。

民主主義のヒドイところは、「ダメ」っていうことを禁止するんだよね。「あの子入れたくない」って言うのを、「あの子が入ってくると困るんじゃない？」って言うの。「これ危険だから、入れてあげられないよね」って。たとえば、危険な馬跳びとか馬乗りやってる時に、小さな男の子が「入れて」って来たら、「危ないからダメ」って形で、「ダメ」っていう風にしなくちゃいけない。ダメっていう排除の仕方だって色々あるんだけど、それもダメなんだよね。で、何があるのって、みんな理屈だけでじっとしてる。それが何が面白いんだろうとかってなって。で、「ああ結局、何を言ってもダメ」っていうのがあって。

僕達はなんでそれが可能だったんだろうっていったら、原っぱがあったからなのね。なんの意味もないただの空き地だったんだけど、僕達がそこにいることによって、そこが僕達の世界に変わってった。だからつまり、世の中がいくらぎゅっと縮まってっても、原っぱがありさえすれば、そこにいさえすれば、人間って、なんとかなるようなものっていうのは作れるかもしれないと思うのね。だからその、みんなで作ってく混沌を平面に存在させる場所っていう、そういう原っぱっていうのがなくなっちゃ駄目なんだよね。でそれは、原っぱじゃなくても、一つの概念でありさえすればいいと思うのね。

だから、自分が譲歩するっていうことが何故可能かっていうと、自分が譲歩することによって自分と他人との間の距離を広げるっていうんじゃなくて、自分と他人との関係が一本線でしかなかったことを、もうちょっと譲歩すればこの道の幅が広がるから。ここが原っぱになりうる、ここで遊べるっていう。

俺、ワリと他人に対して譲歩するの平気っていうのは、原っぱを作っておかなければ一緒に仲良く出来ない、お互いが仲良くなる為の場所っていうのが絶対に必要で、そこに入っていかなかったら、そのかわり他人の変な中に踏み込んでいっちゃうっていう風になっちゃうから。出てって——出ていって、その出ていったところで、「やっぱり君ってこういう人間だよね」っていう形で、それをどうしていくかっていう風に変えてかなくちゃいけないし、世の中っていうのはそういうもんである筈なんだけど、今の世の中っていうのはそういう風になってないんだよね。今の世の中、学校になってるだけで、原っぱには全然なってないと思う。

だって、そうだとしたら——ビー玉が禁止だったらおはじきを格闘技に変えていくんで、その変えていくことからどういうロジックが導き出されて、そのことを踏まえて、どう自分達で生きていけばいいのかっていうことが分かる筈だから、俺はいくらでも生きていける筈だと思うのね。だから自分が譲歩するのはいいけれど、他人に譲歩されるのはいやなんだよね。他人に譲歩されるっていうのは、原っぱの人間じゃなくて社会の人間だから。社会の人間が譲歩するのは、必ず譲歩させる側に権力があるっていう意味があるから。俺、譲歩されると、「俺は権力で、だから相手は譲歩してる」っていうことになるから、いやなのね。遊ばしてくれない。「さあ、どうぞ、どうぞ」って、お辞儀されてしまったら、これは譲歩になってしまって、俺は権力者になる。いやだ。俺、譲歩するんだったらいくらでもいい。

だって原っぱ作りたいもん、っていうのあるけど、そのことを、「原っぱ作りたいもん」っていう風に解してくれなくて、「この人、許してくれるかもしれない」「愛してくれるのかもしれない」って、そういう個人的な捉え方されるけど、これは個人的なものではなくて、一般的なもので、一般的なものであるが故に一般的なものを作らなくちゃいけないんだから、〝原っぱ〟っていうのはど
っかに作らなくちゃいけないのね。

で、いけないんだけど、今、金が余って原っぱが生まれてんだよね。おかしくって。だから「ああ、もったいないなあ」っていうのは、その原っぱの中に子供がちょろっと入り込んじゃうって、それがないのね。原っぱがあるじゃない、遊べる余地があるじゃない。そこに誰かがちょろっと入り込んでて、誰かが一人で遊んでたとすると、別の子が「何し

てんの？」って寄ってきて、そこで遊びって生まれるんだったら生まれるよって、なるんだけど、「そこ入っちゃいけませんよ」ってなると、概念で仕切られてる。金網があろうと、なんだろうと、子供の体だったらスルッとすり抜けられる。通り抜けて入っていくよ。だから、浮き浮きして入ってしまって、で、一人しかいないそこにいるのってすごく淋しいかもしれないけど、でもそこにいるとなんとなく安心出来るからって。ちょっと遊んでしまったら、その向こうに誰か一人来て、その子も別に一人だったとしたら、別に一緒に何かするってわけじゃないけど、やっぱり二人人間がいるんだから、意識し合って、何かやってるうちに、また一人「何してるの？」っていう風になってしまった、みたいに――そういう風に、共有の場所っていうのがなくちゃいけないんだけど、今は、空き地っていうのは出来てるんだけど、子供がそうならないんだよね。

　ちょろっと入ってっちゃっていいじゃない？　それは近所のおばさん家《ち》行って、「こんにちわ」って、覗き込むのと一緒じゃない。でも今それやると、泥棒になったり変質者になったりするんだよね。だから、そういう自由さっていうのは、どういう形で置き換えていけるんだろうかって言ったら、もう自分が変わっていくしかないような気がするんだよね。だから、ちょっと盗んでも、「うん、このやり方で通しちゃうもんね」って、何か許されるような強引さを獲得していくしかないと思うのね。で、今の時代ってそれをやってはいけないっていう人が一人もいないんだよね。

逆にある意味で、権力者がいて、それが反革命仕掛けてくるんだったら、俺、本当に楽だって話を前にしたんだけど、それがないんだとすると、もう前に出ていくしかないんだよね。出ていくっていうのはもう、自分の足の先に原っぱがあるっていう風なことでしかないんだよね。俺はもう既に、自分のいるところは世の中だから、じゃあ原っぱをほしい、原っぱやりたい。

講演なんていいんだ。そんなもんぶっ壊れて。きちんとした話なんてしたくもない。全部ぶっ壊れて、何かが通っていけば、それでいいじゃないって、そういう風に思うから、全身で演じてしまいました。全身で演じてしまえるっていうのは実は、「原っぱを獲得する」っていうことで、やっぱり俺は、それを持ってると思うんだ。

〈原っぱの論理〉っていうのは、場所の論理であって、人の論理であって、時間の論理であってって、その三つっていうのが全部一つであるっていうのは、自分っていうのは色んな要素から出来上がってるから、〝色んな要素の中の何か一つ〟ではなく、色んな自分――その自分の手を取ってくれる他人っていう形で広げていかないかぎり、目って何も見えないと思うの。

今の子はなんか、自分の頭で考えて、「こうだろうな」って考えて、そこの部分だけしか見てないんだよね。だから家の中にしかいない子供なんだって思っちゃうのね。自分の家の中にしかいない子供って、本当につまんないのね。原っぱに出てきても、ポツンとしてるわけ。で、「それじゃつまんないよ。何かしようよ」って言ってもノリが分かんないから、ポツンとしててねェ。「ねェ、自転車乗らない？」って言って、「ここは自転車乗るところじゃなくて、みんなで騒ぐところなんだ」って、あるんだけど、スポーツにしちゃうのね。で、ルールの中に縛られてると安心するんだけど、別にルールに縛られてることが面白いわけでもなんでもないんだから、そこそこのライトとかショートとかにはなっていても、決してピッチャーでホームラン王でっていう者にはならなくて、一体何が面白いの？

普通の山の手のサラリーマン家庭の子っていうのは、近所の子とドタドタドタドタッてやるのってほんの瞬間に近いようなもので、あんまり長く続かないのね。それはやっぱしあんまり意味のないことで、思わず破綻してしまったからしょうがなくそうなっているという、それが遊びだと思うんだけど、でもそんなのウソ。絶対ウソだっていう風に思うんだ。それはつまんないことだもん。つまんないってこと分かんないからそこで満足してられるんだもん。ウソだ。絶対つまんない筈だって。
　だから一人で原っぱやってて、何人もの人間が外で見てて、「入る？」って言って、向こうが「ううん」って言っても、俺は別にいいんだ。だって俺、初めがそういうもんだもんって思うからね。

　これの結論はどうやってつければいいんだろう。

⑪少年の為に

　なんかもう、つけてしまったような気はするんですよね。結論をどうつけるかっていうのは、多分一つだって思うのね。それはあなた達が何を望むかっていうことなんだけど、何を望むかっていうこと、こっちからは聞いてはいけないんだと思うんだ。俺、なんかそれだけがね、本を作ること、本を書くことが、製造業である人間、ていう風になってしまった人間の義務のような気はするのね。講演なんだから講演っていう形で終わらせる。ただし講演なら内容はぐちゃぐちゃにしちゃってもいい、でも、終わり方がきちんと講演になって終わってれば、そのぐちゃぐちゃの中身が全部通ってくれるものでもありうる。それこそがパラダイムの変換だとか思っちゃってるから、俺、パラダイムの変換生きちゃうもんねっていう風に思うから、これで生きましたみたいなところあるのね。

何が一番つらいかっていうとねえ、橋本治という思想家が存在しなかった時代の橋本治が一番つらいんだよね。だって、自分の思想ってなんにもないんだもん。だからやなんだよね。なんか、一直線で真っ直ぐで、自分の前には一直線の何かがある筈なんだけど、見えないわけ。だから誰かが手伸ばしてくれるんじゃないかと思ったんだけど、来ないわけ。でもそれはやっぱり、自分でやってかなくちゃいけないことだと思うから、だから作るのよ。だけど作ってく段階って、つらいもの。こんなことやってて、「じゃあ、こんなもん作るっていうこと自体が自分は異常な人間なんじゃないのっていう証明じゃないの？」って思うしさ、でもやっぱり、「それがなかったら誰からも愛されないし、誰にも褒められないような存在じゃないの？」って思うから、作るよね。で、作れば作るほど孤独になるって。あー、いやだって、それで泣いてばっかりいたっていうのあるんだけど、でもやっぱり、俺さ、三十くらいになるじゃない。で、物書きになったじゃない。で、つらいと思うじゃない。でもつらいと思ってもさ、でもこれで俺、やめられないと思うのね。

で、何に対してやめられないのかっていうと、十七の自分に対してやめられないのね。「やだ、僕はやだ。こっちじゃなくちゃ、やだ」って言うから、「分かってるよ、そんなこと分かってるよ、うるさいな、こっちだろ」ってことやってるから。ある意味で自分の中に定点が二つあるから、直線はいくらでも引けるんだよね。一つだけだったらダメだけど、「僕が幸福であるっていうことは、そういうことではない」っていうこと出していけば、「これはそうだ、でもこれは違う」って風に、十七の自分は言うのね。でも、三十の自分なら、「あなたはこれを嫌うかもしれないけど、こういうルート通ってかないとダメだよ、それやらないかぎりあなたはただのわがままで終わるよ」とかって思うんだよね。

だから、なんか、その十七っていうより少年の感性持ってる人間がどれだけ孤独なのかっていうのは、多分知ってる。おばさんの感性持ってる人間って、孤独じゃないんだよね。孤独に平気でいられるんだよね。少年の感性持ってる人っていうのは、ドメスティックな部分で話すってことが出来ないから、孤独であることがすごくつらいんだよね。つらいから、何かを麻痺させていくんだよね。麻痺させていって、少年の感性がよくなっていった試しはないんだよね。少年の感性というのは開花することによってしか、まっとう出来ないようなものだもん。だって、子供なんだもん。大人にならなきゃいけないんだもん。で、そうなった時にどれだけつらい思いをしているだろうかっていうのは、俺は誰よりも知ってるような気がする。で、「こっちでしょ？　こっちでしょ？」って、あなたが何考えてるか分かってる。でも、分かってるけど、そのことは一言も言えない。だって、俺は生身の人間じゃない。本書いてる人間だもん。本を書くことによって、それをやるっていうことは、そのことを一言も言わないってことだもん。絶対に言わない。ただ「分かってるよ、分かってるよ」っていうような、そういう言い方でしかやってないのね。

結局本書くっていうことはどういうことかっていうと、「届くかな？　届かないかな？」「届いた届いた」って、「ああこれは言ったんだからいいや」っていう風にして、〝一遍消す〟っていう作業なんですよね。だから多分、「届いてほしいなァ」って思ってて、「届きました」なんていう答返ってこなくて、俺いいもの。だってそれが一つの役割なわけで、役割まっとうするのが社会人なんだから、後は好き勝手生きて、でいいわけじゃない。

なんか知らないけど、最近はハードな仕事してるわりにはねえ、全然スランプだとは思わない。体が痛い、目が痛い、あそこが痛い、もうダメだ、腰が抜けただの、なんだのかんだの言っても、書くのやだとは一言も言わないもの。やる気はあるとか言ってさ、ついこの間何をやったかっていうと、十二月の終わりくらいに、『アストロモモンガ』（河出文庫）っていう口から出まかせの星占いっていう本——常軌を逸する、五百四十枚。まともなことが一つも書いてないっていう、とんでもない星占いの本が出まして、これは十二星座十二年分ですから、だからこれで一九九九年までは冗談になりましたから、未来は十二年間大丈夫だと思います。真面目なことだけになってしまうと、そのことがプレッシャーになるのね。冗談にもなりうるっていう手を一本打っておかないかぎり、この先あやういなって思うから。恐怖の大王っていうのが降ってくるらしいですが、甲府の大王と豆腐の大王も降ってくるらしいですよ、ってしとけば、一九九九年までは冗談になりうるな、って。で、冗談になりうるっていう風な手打っとかないと、これは冗談になる余地みたいのが全然ないんだっていう悪い人達が、どんどん真面目に悪い方向に持ってってしまうかもしれないから、うん、冗談にしよう、と思って。

〝現代〟っていうのは近代と地続きになっているのね。だから、近代と地続きになってる部分っていうのは、あんまりやっぱりいいことがないから、あんまりそういうこと喋ってると泣いてしまうのね。ところが、〝現在〟っていうのは現代の中にいて、現代と切れてるからね、現在は何に属してるかっていうと、冗談にしか続かないのね。で、冗談っていうのはやっぱり、一番健康な理性のわがままのような気がする。だから、「ああ完全に冗談やりたかった、ずーっと冗談やりたかった。俺は何をやりたかったかっていうと、本当のことが一つもなくて、この口から出まかせだけの五百四十枚の原稿が一番好きだ」と思うの。もともと俺はこういう人間だったなって思うのね。こういう人間だったのが、真面目なことやってた分が間違いだったとは思わないのね。でも、真面目なことやってる人間は、こういうことやっちゃいけないって、必ずクレームがついたんだよね。「今度の先生のあの作品はなんでございましょう?」っていうのが来たら、絶対怒ってやろうと思うのね。「冗談が分からないバカ」とか言って。真面目になるのはなんの為? 冗談が分かる為じゃないの? 全部蹴っとばす為にあるんですよ。蹴っとばした後に自分があるんだもん、っていう風に僕は思ってるから、もう冗談やったのね。だって、ビートたけしが漫才界の哲学者になるのは簡単だけど、エマニエル・カントがビートたけしになれるかって言ったら、なれないでしょ? こういう話は、ほっとくとキリがないので、ちょうど時間になりました。

終わりということにいたします。(拍手)

第四章

遠い地平、低い視点

闘病記、またしても

　先月は失礼をいたしました。先々月の原稿を書くとそのまま、私は手術のために入院してしまいました。八年前、別のPR誌で連載をしていた時に『闘病記』というタイトルの文章を書いて、「まさか自分がそんなタイトルの文章を書くとは思わなかった」と思いましたが、八年後にまたしてもです。

　前回のは顕微鏡的多発血管炎という、毛細血管が炎症を起こすというめんどくさい免疫系の病気で、全治はないので「人混みの中に出る時はいつでもマスクを忘れずに」ということになります。医者がそう言った通りのことを書いているだけで、どうして免疫と毛細血管がリンクして「マスクを忘れずに」になるのか、私には分かりません。

　前回のは投薬治療による内科的な病気ですが、今度のは癌です。正式には「上顎洞癌」というやつで、「どうしてあんたの病気は聞いたことのない病気ばっかりなの？」と人にも言われ、自分でも思いますがつまりは癌です。頭蓋骨の眼の大きく穴の開いた空洞の下の部分――鼻の横のへっ込んだ部分が上顎洞で、ここに出来た癌です。牛で言う「牛頬肉ワイン煮込み」とか「ビール煮込み」の料理に使われる部分が癌です。もうこの先、そのテの料理は食べないでしょう。

　癌の度合いはステージⅣですが、臓器系の癌とはちょっと違う場所なので、検査の結果、転移はありません。だから「さっさと手術を」ということになって、先々月の原稿を書くとすぐに入院してしまいました。例の毛細血管が炎症を起こす病気のおかげで、私に抗癌剤は使えません。なにしろ腎臓は毛細血管の塊で、私のそれは機能低下で軽度の腎不全状態ですから、そこに抗癌剤なんかを使って負担をかけると、すぐに人工透析になってしまいます。抗癌剤は使えずに、手術で摘出するしかありません。まず、左の髪の生え際から横に一直線、眼の下を切って、そこから鼻に沿って切り下げます。その直角部分をベロンと開いて中の肉を取り出します。

　図に描いて医者の先生は「頬の四分の一がなくなります」と言いましたが、これはもちろん「頬の肉の四分の一」です。

　鼻の横の頬っぺたの肉がなくなると、そこがガボッとへこんで、そこで支えられている目玉の位置も下がってしまいますから、その後でお腹の肉を切って顔に移植をする。生きている肉じゃないと意味がないので、血管が付いたままの肉を移植して顔の血管とつなぎ合わせます。その手術は「全部で十時間かかる」と言われました。医者に「癌です」と言われてから、「十時間かかる」までの間、私はただ「あ、そうですか」しか言っていなかったのですが、ここへ来て遂に別のこと――「頬に傷は残りますか?」と聞きました。先生はきっぱりと「残ります」と言って、私は「たいした顔じゃないからいいか」と他人事のようなことを言いましたが、そう言いながら思っていたのは、「すげェ、七十になってリアル・ブラック・ジャックだ!」ということです。「顔に大きな傷作って仕事して、少し人に脅しをかけてやるか」と思ったのですが、リアル・ブラック・ジャックにはなりませんでした。

「顔の四分の一がなくなる」とは逆で、術後(実際は切除班と移植班交代で約十六時間ほどです)顔の手術した部分は腫れ上がって、左右の幅が一・五対一くらいの比率になりました。片目は半分つぶれかかって、ひしゃげた鼻の穴から血の糸が垂れて、手術後五日くらいして自分の顔を鏡で見た時、「十九世紀ドイツ自然主義文学に出て来る獣人熊男はこんなかな?」と思いましたが、そんなものを読んだことはありません。もしかすると「獣人熊男」ではなくて、私の顔は「裁縫の下手な小学生が〝ちょっとそこ縫っといて〟と言われてやった、巾着袋」のようだったかもしれませんが、それが一週間ほどすると「ロン・パールマンが特殊メイクをして演じた顔をボロクソに殴られたボクサー」のようになりました。

普通、「癌です」と宣告されると「なんでこの私が？」と思うものかもしれませんが、「癌」という病名は、今や「風邪」と並んでいたってポピュラーな病名なので、そう思ってしまうと「あ、そうですか」で終わりです。「癌になるってのは、俺も普通の人間だな」と思い、その後で自分とは無関係で遠いところにいる癌に対して、「めんどくせェな、バカヤロォ！」と罵りました。手術は何時間かかろうと医者の担当で、こっちは全身麻酔で意識を失っているだけだから、どうということはありません。「闘病」とは、医者が病に対してするもので、患者はおとなしく言うことを聞いていればいいのです。「気を失う」は究極の言いなりで、だから私はその通りになっていましたが、面倒なのはその後です。十六時間かけて切り刻まれたものを前のように復旧させるのが私の仕事で、そのための入院ですから「ああ、めんどくせェ！」です。タイの洞窟に閉じ込められた少年達と同じように、「地平線は遠い」のです。次回はもっと苦難です。

なぜこんなに癌になる？

入院してから三カ月になりますが、前号でも言ったように、九月末の私は「転院」ということを繰り返して、まだ病院におります。抗癌剤治療を受けているわけでもない私は、十六時間強の手術で癌をすべて摘出し、その後に「念の為」の放射線照射、後は「治るだけ」だったんですな。新たな転移が見つかったわけでもない。それなのに、なんでこんなに病院から出られないか？　私の初めの入院予定は「約一カ月」だったのに、それを二カ月以上もオーバーしている。大手術の後始末は相応に大変ですが、人はそれぞれで、治り方もそれぞれということなんでしょう。

私が退院出来ないでいる理由は、「食べ物を飲み込む力が衰えている」ということです。早い話、「唾を飲み込んでみて。はいゴックン」と言われてもそれが出来ないという。なんとも情けない。

（私は「今の自分の個人的な話が、他人のなんの役に立つんだ？」と思っていて、それで自分の近況的なことはほとんど書かないんですが、今度ばかりはお見逃しを）

初めの内、回復はかなりのスピードで順調だったんです。手術が終わってICU（集中治療室）へ移され、その五日後に病棟へ移された日には、ヨタヨタながら、自力で立ってトイレへ歩いて行っていた。喉には穴が開いて栓でふさがれ、声は出なかったが、手術の十日後くらいには、栓はそのままでも「声の出る栓」に変わっていて、突然の入院で予定されていた仕事を放り出された編集者達の訪問を受けて、「ごめんなさいね」などと話していた。話すといっても「声が出る栓」になった手術後の私の声は、「入れ歯をはずしたジーさん」のように、フガフガと空気が抜けて、なにを言ってるのかかなり分かりにくい。

手術以後、私は飲食禁止で、水の一滴も飲んでいない。栄養補給の流動物を直接胃に流し込むためのチューブが、鼻の穴に突っ込んである。顔には傷もあって、どう見ても病人だが、立って歩いていると「大手術やった人とも思えない。元気そうじゃないですか」と言われて一週間ほど人と会って、その辺で入院から三週間。

私は知らなかったんですが、今の大学病院には、「三週間以上同じ治療を続けるなら、一度別の病院に転院しなければならない」という規則があるそうで、つまり「あなたの治療の第一段階は終わった。続いては第二段階の放射線照射に移るけれど、その準備が整うまで別の病院に行っていてほしい」という。分かったような分からないような話だが、要はテレビの料理番組の「中抜き」のような話で、「はい、こちらの熱の通ったものをバットに移し、粗熱を取ってから、冷蔵庫に一時間ほど入れて下さい。するとこうなりますね」というもので、転院で「冷蔵庫の中」状態の私には、なんの変化も起こらない。「どうなるんだろう?」という不安は、ここら辺から生まれる。

十日ほどして元の病院に再転院するが、放射線照射のスケジュールを聞いたら、九月の半ばまでかかる。「そんな話聞いてないよ」と思うその内、鼻からのチューブは抜かれるが、放射線の影響で口内炎がひどくなり、物を噛む、嚥《の》むが出来ない。鼻チューブが元に戻されて、病院内を車椅子移動するほど体力が弱り、ひどくなった痛み止めの麻薬成分に脳が反応して、記憶が一瞬飛んだ。

放射線照射が終わっても、七月段階と変わりがない。九月の秋分の日の連休前に、またしても転院で、「俺、どうなるんだろう?」と思う。死ぬ気はないけれど。

その初めに「癌です」と言われた時、「あ、そうですか」ですませてしまった私は、癌なる病を他人事と思っている。これは私だけではなくて、多くの人がそうだろう。癌の家系でもない人が「癌」の宣告を受けたら、まず「なんで自分が?」と思うはずだ。癌はどこかで「他人事の病」だった。だから私は癌をバカにして、「さっさと治る」と思っていた。しかし、癌はもう他人事ではない。今年の三月、私の友人でエージェントをしていた男が癌で死んだ。その前年の三月にもまた一人。樹木希林《ききりん》も加藤剛《かとうごう》も癌で死んだ。癌はいやらしいほど静かに近付いている。今や日本人の半分が癌で死ぬともいう。なぜ癌はそんなにも近付いて来るようになったのか？

京大の本庶佑《ほんじょたすく》先生がノーベル医学生理学賞を受賞された。癌の治療薬オプジーボにつながる、免疫細胞の中にある癌細胞を攻撃する仕組みを解明されたのだという。それはいい。それはいいが、「癌を治す」という方向にばかり進んで、「人はなぜ癌になるか」がほとんど解明されていない。

癌は感染症じゃない（はずだ）。それなのに癌患者がどんどん増えて行くのはなぜなんだろう？　我々の生きている空気や環境の中に発癌性物質が増えてでもいるのか？　あるいは食物に。なってからでは遅い――というか早期発見もあるが、なぜなるのか分からないと防ぎようがない。

窓からの眺め

おかげさまで、入院から四カ月たった十月二十六日、私は退院しました。もちろん、退院したからといって完全な健康体になったというわけではありませんが、退院した以上あまり病人面もしていられません。なにしろ私は、四カ月も現実を留守にしていたのですから。

私が入院したのは夏至の数日後で、例年なら七月の後半になる梅雨明けが一月《ひとつき》も早くやって来てしまった頃です。例年なら雨雲が太陽の光を遮っているのに、今年は一年で一番長い昼の時間を目一杯太陽が照らすんだから、暑いに決まっている。病院へ出掛ける前の天気予報で「今日の最高気温は三十何度」というのを聞いて、そうなる前の午前中に病院へ入って、その後はずっと窓の開かないエアコン完備の病室に居続けたので、今年の夏の暑さを私は知りません。知らないと言えば、私の入った病院は不正入試で逮捕者を出した医科大学の病院なんですが、全身麻酔で気を失ってその後に集中治療室に入っていた私は、それも知らずにいました。同じ理由で、同じ時期の西日本の集中豪雨のことも知らず、通勤して来た看護師や見舞客から「暑くて暑くて」ということばかりを聞かされて、想像でクソ暑い外の温度を体感していました。

私がいたのは新宿の新都心にある病院で、考えれば不吉な十三階の病棟です。考えなきゃいいのに、うっかりすると考えてしまいます。まだまだクソ暑いのが序盤であるような七月の半ば、「ちょっと転院してね」と言われた私は、恵比寿ガーデンプレイスを眺める線路際の病院に移りました。

恵比寿ガーデンプレイスには二十数年前、出来たばかりの頃、なにかのイベントで行かされましたが、その時に思ったのは「結構な金をかけておとぎの国を作ったんだ」でした。昭和が終わってから、私はほとんどの時間を地方で過ごしていて、バブルの金が地方都市をどのように変えるかを見ていました。

地方都市には、まだ変わる余地のある周辺部がいくらでもあるから、斬新で珍奇な建物がいくらでも建って、そこでは「地域ぐるみ変わる」が可能になる。ところがバブル後の東京には、それを可能にする広い土地がない。新しいビルが新しい複合施設としてオープンしてもビル一棟、さすがに東京、「見た感じのする新しさ」ばかりであまり感心しない。ところが、ビール工場の広大な跡地に作られた恵比寿ガーデンプレイスは場所ごとデザインされて「おとぎの国」になってしまっているところがちょっと違う――当時はそう思った。

子供の頃山手線に乗って恵比寿駅をちょっと離れたところを通ると、夜は真っ暗でなにもない。夜の中にネオンの光はなくとも、山手線の沿線なら民家の光が見えるのだが、恵比寿の辺りはそれがない。「なんで真っ暗なんだろう?」と昼間に注意して外を見ていると、広い敷地にビールケースが山のように積み上げられている――「それで夜は真っ暗なのか」と思ったが、そのビール工場の跡地が再開発されると、「なにもないところにおとぎの国」が出来る。周りになにもないから、ゴタゴタしたところがなくて新鮮だった――そう思っていたのが平成の終わりになってみると、妙にゴタゴタしている。周囲のゴタゴタの中に埋没して、昔日の面影がない。山手線の外側はそうでもないが、線路の内側は「ちょっとでも隙間があったら、そこに高さのある建物を作る」とでも言っているように、コンクリートのビルが種々に詰まって乱立している。

「これじゃ風通しが悪かろう。三十五度が連日になって、一向に冷めることもないな」と思って、もう一度新都心の病院に戻って見ると、びっしりと高層ビルが並んでいる新都心に新しいビルの建ちようはないはずなのだが、ある。「新都心」と呼ばれる地域を形成する外側の道路沿いに、背の高い衝立てのようなオフィスビルがやたら建てられて、大手不動産屋の名を高からしめている。もう高層ビルに囲まれている所だから、その外側を包囲するようにビルが建てられても気がつかない。でもよく見ると、ビルの上でクレーンが稼働して、新しいビルを高くしている。「これじゃ風が全然通らないよな」と、コンクリートだらけの新都心の夏の暑さを既に知っている私は思う。

「二年後に東京オリンピックがあるから、東京は建設ラッシュだ」なんて言う人もいるが、この夏に三十八度を記録してしまった東京をそのままにしてマラソンなんかやったら人死にが出るでしょう。建設ラッシュで東京を風通しの悪いヒートアイランドにして、そこでオリンピックをやるというのは、矛盾ではないでしょうか？　筋論で言えば「オリンピックをやるために、熱を逃がさない衝立ての役割をする上に熱を溜め込む高層ビルを壊して、東京の風通しをよくしましょう」なんじゃないですかね？　この暑さじゃ来年の夏がこわい。陸ばかりじゃなくて、海水温も上がっているから、そこで発生する台風がこわい。でしょ？　筋論はメチャクチャだ。

観光客が嫌いだ

「観光（ツーリズム）なんて誰が考えたんだ。なんにも知らないバカな観光客が町をうろうろして、邪魔臭いったらありゃしない」という歌をご存じですか？　正確な歌詞は忘れましたが、「バカな観光客が町に氾濫するのはいやだ」ということだけは動きません。

この歌が登場するのは、一九五〇年代のデヴィッド・リーン監督の映画『旅情』の冒頭です。アメリカの学校職員をやっている独身女性が金を貯めて、夏休みにヴェニスにやって来て束の間の恋に落ちるという、とても切ない恋愛映画ですね。なにしろこの主人公を演じるのがキャサリーン・ヘップバーンだから、彼女が横を向いて視線を動かしただけで特別な感情が生まれる。

アメリカ人のハイミスと、もう白髪まじりの正体不明のイタリア人――もしかしたらプロのスケこましかもしれない男（ロッサノ・ブラッツィ）の束の間の恋は戦後間もない日本人の心に響いて、主題歌の『サマータイム・イン・ヴェニス』（観光客を嘲笑《あざわら》う歌ではない）もヒットした。一九五〇年代の日本に、なんにも知らない観光客が大勢うろついている光景もなかったから、せつない恋の映画の冒頭に「それを可能にする観光（ツーリズム）」をバカにする歌が流れていることに気づかなかった人も多かったろうが、一九五〇年代に海外旅行をする無知だが裕福な人種と言えばまずアメリカ人だったから、イギリス人監督のデヴィッド・リーンとしては、「彼女はバカな観光客とは違う」ということにしておきたかったのだろう。放っておけばポピュリズムはへんな風に伝播する。

同じ一九五〇年代に小学生だった私は、正月になると「家が映画館だったらいいのになァ」と思っていた。なぜかと言えば、子供がいくらお年玉をもらっても、その頃の正月に開いている店はほとんどないから、お年玉の使いようがない。「正月の三ヶ日もオープンしてるところはどこだ？」と思って答は映画館だったから、「家が盛り場の映画館だったらいいのに」と思った。そう思ってすぐに、人でごった返す盛り場の道が頭に浮かんで、「自分の家の前を、そんなに知らない人に占領されるのなんかいやだな」と思った。

私の観光客嫌いはその頃からで、もう何年も前に浅草に住んでいる友人から「今の浅草は中国人だらけですよ」と言われた時には「こわい」と思い、テレビのニュースで「京都の観光地は中国人ばっかりだ」と聞いた時には、「もう京都なんか行かない」と思った。別に中国人が特記して嫌いというわけではなくて、なにも知らずに物欲しげな顔をしてうろうろノタノタ歩いている外国人観光客が嫌いなのだ。私はバカが嫌いだから、うろうろモタモタしている日本人観光客も嫌いだ。「東京オリンピックになったら、そういう観光客に東京の街は占拠されるんだろうな」と思うから、東京オリンピックもいやだ。

自分の知っている町がある日突然バカの群れに埋め尽されているのを見るのはいやだ。金と引き換えにそんなことになるのはいやだが、かなりの程度で、どっと押し寄せる観光客は、押し寄せるだけでたいして金を落とさない。それでなんの話をしたいのかと言うと、去《さ》んぬる十月の終わりの渋谷のハロウィーンの騒ぎに関してですね。

今や日本の各地でハロウィーンのパレードなりイベントなりが、荒れることなく整然と行われている。私は他の多くの人と同様にそんなものにはなんの関心もないから、今や「バカじゃねェの」とも思わずに「やりたきゃやれば」としか思っていないが、「整然とおとなしいバカの群れ」が「バカ騒ぎをするバカの群れ」よりましだとも思わない。そこで、「よそでは荒れないのに、どうして渋谷では荒れるのか?」という話になる。それはたいしてむずかしい話ではなくて、ハロウィーンの渋谷にやって来るのが、国内外を問わないただの「観光客」だというだけだ。

外国人向けの日本に関するツアーガイドブックには「渋谷のスクランブル交差点」が

「行くべき場所の一つ」として取り上げられているという。それを聞いて私は「なんで?」と思うが、「今や」だかなんだかは知らないが、外国にはもうスクランブル交差点がないのだという。「それがどうしたの?」と思う私は、「別にスクランブル交差点は渋谷だけじゃないじゃない。よそにいくらだってあるでしょ」と言う。そんなことを言うと、なんの言葉も返って来ないが、もしかしたら、東京の渋谷には「スクランブル交差点」以外に誇るべき特徴はないのかなと思う。

渋谷のスクランブル交差点に外国人が何人もいるのを見た。渋谷のことや日本のことをよく知らない日本人の中には、「ここは有名な観光地だ！　自分はそこに来たぞ！」という気にもなるだろう。なにも知らない人間が「ここが花のお江戸の渋谷かァ!!」と興奮しているところにバカ騒ぎが始まれば、もうなんだか分からない。どうすんでしょうね。

特別掲載　野間文芸賞贈呈式スピーチ原稿

みなさん今晩は。橋本治です。今日は多分お寒い中を、私のためにおいでいただきまして、ありがとうございます。

私は今年、七十歳になりました。平成年間中、悩まされ続けた悪夢のようなローンの返済も終わり、明治の文豪が胃癌で中絶させたままの小説のリライト版も完結させ、『草薙の剣』も刊行出来ました。どこかから、「よかったね」の声が飛んでもいいはずなんですが、この六月に飛んで来たのは、「癌ですね」という医者のあっさりした声でした。

それで私は、十六時間の手術と四ヶ月の入院生活を経て、十月二十五日に退院いたしました。「退院だから元気になっただろう」というのはまったく嘘で、私の体は「退院」の声を聞くと不安になってガクガクになるようです。そんな退院後四日目に、野間文芸賞をいただき、家の中で素っ転んで顔を切りました。

そして、「やっぱりへんだな」と思っていた通り、体の中にはまだ癌細胞が少し残っているというので抗癌剤の導入を始め、それがどう転がってか嚥下性の肺炎ということになって、このようなていたらくでございます。いいのやら悪いのやら。

実は『草薙の剣』の版元である新潮社の編集者から「よろしければ私たちの方からもお祝いの品をお贈りしたいが、なにがよろしいでしょうか?」というお言葉をいただいたそうで、それを助手から聞いて、「うーん。なにがほしいって、別になんにもないな」と言ってしまいました。欲がないのじゃなくて、ほんとになんにもほしいものがないのです。「もらえるのなら、原稿用紙かな」——するとそれを聞いた助手が「そりゃいいや」と言いました。「お前は俺を殺す気か!」とは思いませんでしたが、少しそういう気分にもなりました。

実は私、まだ学生だった二十代の前半から、真《ま》っ新《さら》な原稿用紙を五百枚買うと幸福になる人間でした。

小説を書くというのではなく卒論を書くための紙ですが、折り目のない白い原稿用紙が五百枚、茶色いパックの中に納まっているのを見ると、胸がドキドキしたのです。

それだけではなくて、その原稿用紙が文字で埋められて終わると、広げられた原稿用紙の上に両肘を載せて静かな息を一つ吐き、「ああ、終わった」とつぶやくのです。

私の人生は、初めから終わらせることを目的にしてスタートしたみたいで不思議ですが、「ああ、終わった」の一言が幸福をもたらしてくれるのは事実でした。

今でこそ原稿用紙は助手に買いに行かせますが、「ちょっとしんどいな」と思うことはあっても、書き終えた幸福感は変わりません。だから今、二千枚の原稿用紙をもらったら重荷でしょうが、五百枚や千枚の原稿用紙なら「なんとかなるかな」とは思います。

「書く内容まで決まっている」と言うとプレッシャーになるので言いませんが、「もういい年で立派な賞をもらったんだから、無理して続けるのはやめなさい」でもなく、「これを一歩としてもっと頑張りなさい」でもなく、自分の目の前に原稿用紙が見えたら、成り行きでその上を一歩一歩歩いて行こうと思います。

成り行きまかせな私には一番ふさわしい行き方です。それで最後まで行けるか行けないかはわかりませんが、そういう当てどのない生き方が自分にはふさわしいんじゃないかと思います。ちなみに、次に書く小説のタイトルは「正義の旗」です。

あ、言っちゃった。もうやめます。

今日は本当にどうもありがとうございました。「生きるか死ぬか」の話を続けると後の方がやりにくくなるので、年寄りの話は終わりにして、未来のある方へマイクをお譲りします。

橋本治

（二〇一八年一二月一七日）

初出・出典一覧

第一章　「近未来」としての平成……「群像」二〇一九年四月号
第二章　「昭和」が向こうへ飛んでいく……『'89上』河出文庫／一九九四年刊
第三章　原っぱの論理……『ぼくたちの近代史』河出文庫／一九九二年刊
第四章　遠い地平、低い視点……「ちくま」二〇一八年一〇月号〜二〇一九年一月号
特別掲載　野間文芸賞贈呈式スピーチ原稿……「文藝別冊　橋本治」河出書房新社／二〇一九年刊

＊「第一章　「近未来」としての平成」は、前篇・後篇が「群像」に掲載予定でしたが、橋本氏の逝去により、未完に終わりました。そのため、誤字・脱字、明らかな事実誤認のみ修正した上で、〔　〕での補足とルビの付記を行った以外はそのまま掲載しております。

＊本書は、橋本氏の絶筆となった論考「「近未来」としての平成」に、一九八九年を総括する内容としてまとめられた『'89上』第一部に収録された「「昭和」が向こうへ飛んでいく」、一九八七年十一月十五日に東京の池袋コミュニティ・カレッジにて開催された講演をまとめた『ぼくたちの近代史』第三部「原っぱの論理」をそれぞれ収録しました。また「第四章　遠い地平、低い視点」は、「ちくま」に掲載され書籍化された『思いつきで世界は進む』（ちくま新書）に未収録の四回分を掲載しております。

編集協力　今井章博

河出新書 025

「原《はら》っぱ」という社会《しゃかい》がほしい

二〇二一年一月二〇日　初版印刷
二〇二一年一月三〇日　初版発行

著　者　橋本《はしもと》 治《おさむ》
発行者　小野寺優
発行所　株式会社河出書房新社
〒一五一－〇〇五一　東京都渋谷区千駄ヶ谷二－三二－二
電話　〇三－三四〇四－一二〇一［営業］／〇三－三四〇四－八六一一［編集］
http://www.kawade.co.jp/
マーク　tupera tupera
装　幀　木庭貴信（オクターヴ）
印刷・製本　中央精版印刷株式会社

Printed in Japan　ISBN978-4-309-63127-1

そして、みんなバカになった

橋本 治
Hashimoto Osamu

21世紀、バカの最終局面に入った日本へ。
橋本治が2000年代に残した
貴重なインタビューから、
本当の教養とは何かを学ぶ！
高橋源一郎さんによる、
書き下ろしエッセイを収録！

ISBN978-4-309-63119-6

河出新書
018